读客彩条外国文学文库

熊猫君激发个人成长

纸帐篷

[加] 玛格丽特·阿特伍德　著

王知夏　译

阿特伍德作品

河南文艺出版社

· 郑州 ·

The Tent by Margaret Atwood
Copyright ©2006 BY O.W. TOAD, LTD
This edition arranged with Curtis Brown Group Limited
Through BIG APPLE AGENCY, INC.,Labuan, Malaysia
Simplified Chinese translation copyright © 2023 by Dook Media Group Limited.
All rights reserved.

中文版权 © 2023读客文化股份有限公司
经授权，读客文化股份有限公司拥有本书的中文（简体）版权
豫著许可备字-2023-A-0067

图书在版编目（CIP）数据

纸帐篷 /（加）玛格丽特·阿特伍德著；王知夏 译
.——郑州：河南文艺出版社，2023.8

ISBN 978-7-5559-1540-9

I.①纸… II.①玛… ②王… III.①短篇小说—小
说集—加拿大—现代 IV.①I711.45

中国国家版本馆CIP数据核字（2023）第086799号

纸帐篷

著　　者	［加］玛格丽特·阿特伍德	
译　　者	王知夏	
责任编辑	冯田芳	
责任校对	李亚楠	
特约编辑	高　洁　孙宁霞　夏文彦	
策　　划	读客文化	
版　　权	读客文化	
封面设计	梁剑清	
出版发行	河南文艺出版社	
印　　刷	河北中科印刷科技发展有限公司	
开　　本	880mm×1230mm 1/32	
印　　张	5.5	
字　　数	77千	
版　　次	2023年8月第1版　2023年8月第1次印刷	
定　　价	45.00元	

如有印刷、装订质量问题，请致电010-87681002（免费更换，邮寄到付）

MARGARET ATWOOD

THE TENT

致格雷姆

第一部

目 录
Contents

第二部

第三部

第一部

Part 1

人生故事

　　如果这是一种渴望，为何渴望这一切？也许它更像支配欲。也许我们只是想掌控，掌控人生，无论是谁的人生。

　　如果有照片就好办多了。照片里的人再无选择的机会——捡了这个，丢了那个。这里所谓人生的住民们都有过机会，但大部分的机会都告吹。他们本该发现灌木丛中的摄影师，他们不该张着嘴咀嚼，不该穿抹胸上衣，不该打哈欠，不该大笑：曝光的假牙，太倒胃口了。所以她就长那样啊，我们说道，把这张照片与一桩炽热恋情发生的年份连了起来，脸像一张吃剩下的比萨，那是他吗？在她胸前，张大了嘴？他看中了她的什么，难道只有廉价的午餐？他已经开始谢顶了。有什么好大惊小怪的？

我正在完成自己的人生故事。我的意思不是指把一切拼起来；不，我是在把它拆开。主要的工作是剪辑。如果你想知道故事线，你应该早点问我的，那时候我还什么都记得，也很乐意讲述。直到我发现了剪刀的妙处、火柴的妙处。

我出生了，我本该以此开头，曾经。但是咔嚓、咔嚓，散了吧，父亲母亲，白色的纸带随风而逝，还有祖父祖母，外祖父外祖母，也一起抛开啦。我已度过了的童年，也不想要了。再见了，肮脏的小短裙；再见了，把我的脚磨得生疼的鞋；再见了，无数次拭去又流下的泪水、结痂的膝盖，还有边缘已被磨损的悲伤。

青春期也可以扔了，连同它火辣辣的黝黑皮肤，它的浑浑噩噩，它的滥情史、季节性的出血。曾在暗巷与陌生的皮衣擦身而过，喘不过气，像被下了迷药，那是怎样一种体验？我记不清了。

一旦你开始动手，乐趣就来了。许许多多自由的空间——打开。撕开，皱缩，随火焰升腾，飘出窗外。我出生了，我长大了，我上学了，我恋爱了，我结婚了，我生孩子了，我说过，我写过，一切都逝去了。我去过，我看过，我做过。永别了，正在崩塌的古代塔楼遗迹；永别了，冰山和战争纪念碑，所有翻着白眼、石头做的青年，布满病菌的危险航行，以及可疑的旅馆，通往里面也通往外面的门廊；永别了，朋友们、恋人们，你们淡出了视野，被擦掉，被涂去：我知道你们做过一些发型，讲过一些笑话，但我一个也想不起来了。还有和你们一起入土的，我软乎乎的、头顶毛茸茸的猫儿狗儿，马儿鼠儿：我爱你，几十个你，但你们都叫什么名字来着？

我正在抵达某个地方，我感觉越来越轻。我从剪贴簿上，从相册上，从日记和手账上，从空间里，从时间里，正在剥落。只剩下一段文字，一两句话，一声低语。

我曾经出生。

我曾经。

我。

衣裳的梦

噢，别。别又是它。是衣裳的梦。这场梦我已经做了五十年。一条又一条通道，一列又一列衣橱，一排接一排金属衣帽架上满是衣服，在荧光灯管发出的刺眼白光下向远处延伸——浓艳、绚丽、迷乱，到最后变得阴森逼人，犹如大烟鬼做的迷梦。为什么我要强迫自己在这堆衣服里面翻来翻去，让衣架绞在一起，被缎带绊住，跟一个钩子或扣子较劲。与此同时，羽毛、亮片和塑料珠子如同许多从燃烧的树上落向地面的蚂蚁？为了什么场合？我要打动谁的心？

*　*　*

有一股从腋窝发出的酸臭味。全是穿过的旧衣裳。没有一件合身。要么太小，要么太大，要么太艳红。荷叶边、圈形耳环、褶边、夹丝衣领、割绒披肩——这些伪装没有一件属于我。在梦里我多少岁了？我有乳房吗？我过着谁的生活？我没有过上谁的生活？

瓶　子

我只想像普通人一样，我说。

可你不是，他这么对我说，你不是普通人。

为什么？我问道。我习惯于听他说话。他讲话有种说服力。

因为我爱你。

只因为这个？

我可不是什么普通人，他说。

没有人是，我说。

瞧，他说，我就是这个意思，你和普通人不一样。你知小节、识大体，你会审时度势。这些都是我梦寐以求的品质。

这是引诱吗？我问。

不。引诱发生得更早一些，刚才你甚至都没有意识到。我们已经过了那个阶段，现在是时候确立雇佣关系了。我们要谈谈条件了。

那我得做些什么呢？我问。

和我上床，还用说吗？我不会让你的春宵虚度。

还有呢？

我很看重忠贞。记住，你不是律师，不要和客户乱搞。

我本来就不会。那种事向来不会有好结果。还有什么？

再就是你已经在做的事，他说，一些日常琐事。吸入一些烟雾，咀嚼选定的植物原料，说几个谜语，在树叶上写东西，念古怪的咒语，带人参观几次地狱。维持制度的基调。

不用跟蛇搅和吧？要是有蛇的话，我不行。我害怕蛇。

蛇都是陈年旧事了。

好。我在哪儿签字？稍等——我能得到什么回报？

女人太爱斤斤计较了。

不是，但说真的？

你会变聪明。我的意思是，比你现在聪明。

这不够。

好吧，你会获得某种永恒。瞧，就在这个瓶子里。看到了吗？

一小抔灰？

再仔细看看。

噢。看到了。它会永远像这样闪闪发光吗？

只有一开始会。

你确定这东西永恒不灭？

相信我。有了它，你将永远拥有一个声音。

拥有一个声音，还是成为一个声音？

都是一码事。

噢，好吧，那太感谢了。

别把瓶子弄掉了。小心保管。你必须看紧里面的东西，它们很容易膨胀。它们会膨胀到天空那般巨大。你不知不觉就会被吸进去。这就是真空效应。好了，把它放下吧，搁到那边的角落去，扔掉那件肥大的斗篷，把你的胳膊放在……

我觉得头晕，晕得有点厉害。我午饭吃得太饱了。我想我应该回家躺一躺。

就在这儿躺下！你欠我的，记得吗？时不再来。割开喉咙，泼下祭酒，放空意识，闭上眼睛，为我腾出一个空间，想象洞穴……

哎哟！放手！我喘不上气了。我办不到，现在不可以。下周行吗？

难道你不爱我吗？

跟那个没关系。只是——你真的是你自称的那个人吗？

我就是我。反过来讲，你说我是谁，我就是谁。神就是这么回事，说白了，我就是神。

所以你什么都不是。你只存在于我的脑海里。你只是个——你什么都不是。

差不多吧。

我早就有这种感觉了。等等，回来！

我不傻，我听得到"不"字。

我不是有意冒犯的。我们谈谈吧。

你没办法跟什么都不是的虚无交谈。

但是——

出不去的森林

你心中的那个人迷路了。这就是我看到的画面。他认为自己迷失在一片出不去的森林中。他的脑海里全是树。树枝迎面撞在他身上。荆棘缠住了他的腿。没有一条林间小径通往出口。动物们都来嘲笑他，然后掉头跑开。一位神出鬼没的少女不时闪过视线，她身穿一条像是粗棉布质地的白裙子。也有虫子来骚扰我，会叮人的那种。这滋味可不好受。夕阳正在下沉。树影渐渐加深。情况糟糕透顶。

然后你出现了。你是从什么地方进来的？你不是将机会——他给的那种机会——拒之门外的人。有人会称之为多管闲事，你却视之为雪中送炭。抱歉，我直言不讳，但我只是个传信的人。你来了，裹着你那团粉红色的云彩降临，发出像廉价酒馆里的低功率灯泡或鱼缸一样的荧荧暗光。羽毛从你的肩膀上长出，光线从你的身体里向外散射，金银纸屑从你周身洒落，犹如洒着金属光泽的头皮屑。你的裙子卜布满了细小的鱼钩，你自己没有发现。有些钩子上还挂着一块块碎饵：蟋蟀的翅膀、蠕虫的残尸、旧银行存单。

好啦好啦，只听你说。你手执魔杖，东拂一下，西掸一下，魔杖是透明塑料做的，里面有一辆微缩小汽车，浸在一种闪光的液体里，随着手杖的摇晃来回滑动——然后荆棘丛消失了。落日倒转了方向，曲径伸展开来，黎明转瞬即至。

好啦[1]！你说，你欠的债还清了，你的感情问题解决了，你的病也治好了。不仅如此，你童年的悲伤——曾困住你，让你裹足不前的种种悲伤——也一

1　原文是法语voilà。——编者注（若无特别说明，本书注释均为编者注）

笔勾销了。现在你可以放下它继续前进了。

他看着你，毫无感激之意。我应当放下的这个它是指什么？他问。

你不明白？你反问道，试图掩饰自己的恼火。我下凡到这片愚蠢的林子，自找了个大麻烦，为你清走了一辈子的糟心事，你却什么都不明白？

你才不大明白，他说，为什么你要先入为主地以为我在这出不去的森林里迷路了？

鼓励青年

我决定了，要鼓励青年。以前我是不会做这种事的，但现在我没什么可在乎的了。青年不是我的死对头。鱼儿不同石头为敌。

所以我要敞开胸怀给他们加油。我要鼓励全体青年。我要把鼓励抛向他们，就像在婚礼上抛撒大米[1]。他们是青年，一个集合名词，类似"选民"。我要一视同仁地鼓励他们，也不管他们值不值得鼓励。反正，我也分不清他们谁是谁。

1　西方婚礼习俗，客人们要向新郎和新娘身上抛撒大米，旨在祝福新婚夫妇子孙满堂、人丁兴旺。

所以，我要站起来对全员大声喝彩，就像盲人看一场足球赛：要的是噪声，一波接一波的声浪，激励人心的呐喊，以鼓舞他们再接再厉，管它是给哪边加油，管它谁输谁赢！

我所说的青年不是年纪太小的那种——露着肚皮招摇过市也不会遭人笑话的毛孩子。无聊是他们的铠甲，对他们而言，我只是一个空白的对话框，里面一个字也没有。

不。我指的是意识刚刚觉醒的年轻人，他们野心勃勃，还未脱去初生牛犊的羞怯，但已经认识到世事维艰，理想十有八九为他们力所不逮。他们多失望啊！倘若尝过一次成功的滋味，那该让他们多焦虑啊！他们要么染上失眠症，要么患了幽闭恐惧症，不然就是暴食症或恐高症。从此他们必须努力不走下坡路。没劲。

我来了，愿助他们一臂之力！我会四处分发鼓励，就像给每人发一块甜饼干。年轻人，瞧瞧你！你刚才捅了一个多么大、多么愚蠢、多么棘手的娄子——让我换种说法——一个情有可原的人为失误，但也是一次经验教训？从头再来！追你的梦！你能行！

我可真是个熠熠发光的大好人，与青春刚刚结束那阵子相比，现在我为人宽厚多了。过去我吹毛求疵，我的标准容不下一丝一毫的偏差。年轻人嘛，在我看来，都太受纵容了，一如曾经的我。如今我成了宽容的化身。我笑容亲和，与人为善。

仔细想来，我的动机并没有表面上看起来那么单纯。我真正的动机更阴暗，藏得更深。我的心灵之眼——并不总是孤独的赐福——瞥见了我自己，一个可疑的身影。我徘徊在黑暗丛林的边缘，在灌木丛间窜来窜去，向外窥探。嚯！年轻人！到这边来！我喊道，勾了勾我渐渐爬满老茧的食指。没错！瞧，这儿有一座富丽堂皇的姜饼屋，上面挂着你沐浴在灯光中的名字。难道你不愿意走进去，把它据为己有，用甜滋滋的名声充起你的脸面？你当然愿意！

尽管如此，我不会把他们关在笼子里养肥。我不会喂他们有毒的果实。我不会把他们变成发条人或应声虫。我不会抽干他们生命里的血。他们自己就能办到这一切。

嗓　音

　　我被赋予了一副好嗓子。人人都这么说我。我用心栽培我的嗓音，因为白白荒废这样的天赋将是一种遗憾。我把这嗓音想象成一株温室植物，枝繁叶茂，叶子绿油油的，名字里含有"块茎"一词，到了夜晚会散发麝香味。我确保让它处于恰当的温湿度和合适的环境之中。当它恐惧时我会安抚它，告诉它不必颤抖。我培养它，训练它。我眼看它像蔓藤一样攀上我的脖颈，钻了进去。

　　我的嗓音盛开了。人们说我已经成熟地驾驭了我的嗓音。没过多久，我就成了万众追捧的明星，或者不如说人们追捧的是我的嗓音。无论走到哪儿，我都和它形影不离。人们眼中看到的是我，我眼中看到的是我的嗓音，我看到它在我面前膨胀，犹如青蛙呱呱大叫时嘴边鼓起的半透明绿色薄膜。

我的嗓音受到百般奉承。它成了欢宴的焦点，吸金的摇钱树。男人们拜倒在它的石榴裙下。喝彩声犹如一群群红色的小鸟绕着它打转。

演出的邀约蜂拥而至。一时间，最好的舞台都来争夺我们，因为，就像人们说的——虽然不是对我说——我的嗓音只能绽放一段时间。然后，它便会像所有嗓音一样盛极而衰。最后它注定会凋零，剩下我孑然一身，一无所有——一株死去的灌木，一个脚注。

嗓音的枯萎已经开始。目前只有我一个人察觉。我的嗓音里出现了若有若无的细小褶皱，几乎微不可见的皱纹。恐惧是一针乙醚，注入我的体内，勒住了在其他人体内应当称作心脏的部位。

　　夜幕降临，霓虹灯亮起，大街上越发熙熙攘攘。我们坐在酒店的房间里，我和我的嗓音，更准确地说，是坐在酒店套房里，因为我们依然享有最高待遇。我们正在一起养精蓄锐。我的生命还剩下多少？所剩无几，也就是说：我的生命大部分都被我的嗓音消耗掉了。我把我全部的爱都给了它，但它只不过是一个声音，永远无法回报我以爱。

　　哪怕它已开始憔悴，我的嗓音还是一如既往地贪婪；越发贪婪：它不停地索取，索取，索取，除了已经拥有的一切，还要更多。它不会轻易放过我。

　　快到出门的时间了。我们要去出席一个星光璀璨的盛会，一条锁链将我们两个紧紧相连，一如往常。我将穿上它最心爱的裙子，戴上它最喜欢的项链。我会给它围上一圈皮草，以防它被穿堂风吹到。然后我们会下到大厅，像寒冰一样闪耀。我的嗓音如同一只看不见的吸血蝙蝠，挂在我的喉咙上。

别再照相了

别再照相了。照片实在够多了。别再用光把我的影子投到一张张纸片、一块块方形的塑料片上。别再复制我的眼睛、嘴巴、鼻子、情绪、糟糕的视角。也别再搞出更多哈欠、牙齿和皱纹了。我受够了自己的许多张脸。两三张照片足矣，顶多四五张。只要几张就能构建一个牢固的印象：**这是她**。而现在，我就像流动的水，水波荡漾，不时消融于其他的自我。翻过一页：瞧你，你的表情，又犯迷糊了。你太了解我了，以至于失去了解；或者说还不太了解：足够了。

孤儿的故事

1. 孤儿们多么迅速地起航！发令枪还没响，他们就飞了出去！比起我们又大又笨重的驳船，他们的游艇更细长，轮廓更简洁。他们不起锚，不拉压舱物，所有行李通通被他们扔进海里。他们挂起的唯一旗帜是面空白的旗。难怪他们能抢在其他船只之前驶出港湾，难怪他们能如此轻巧地绕过岬角！可然后呢？他们不会沿着既定的航线前进，也不会遵守任何精心制定的规则，他们蔑视奖赏。他们的目标是无边无际的公海。他们的身影渐渐远去，与太阳融为一体。他们失去了踪迹。

2. 孤儿们都有各自不堪的经历：在谷仓，在地窖，在车里，在柴房，在空旷的田地，在空教室里。因为他们太诱人，因为他们千疮百孔，因为他们瘦骨嶙峋，因为他们是那么不堪一击，因为他们太容易下手，因为他们太勾人情欲，因为他们说的话没人会信。

3. 孤儿们排队领他们的粥。各种各样的孤儿——车祸遗孤、船难遗孤、心脏病人遗孤、私生子、战争遗孤——我们发了善心，给他们所有人供应稀粥。他们分到的不多，东一勺，西一勺，但在孤儿院嘛，情况就是这样。他们一声不吭地站在那儿，等着领自己那勺，他们身上清一色的灰色粗布衣裳也是我们施舍的。我们多么善良啊，我们自我感觉多么高尚啊！有一天，孤儿们开始用他们廉价的锡勺敲打他们廉价的锡盘。他们被告诫要感恩，要知足，不能贪得无厌，可他们还想要更多。他们要了又要，要了又要。他们竟然觊觎我们盘子里的东西！他们好大的胆子！竟敢拿他们的饥饿当利剑冲我们挥舞？

4. 他们的名字叫什么？名字本就是随机的产物，孤儿的名字比一般人的更随心所欲。他们一路走，一路给自己编各种名字。叫我以实玛利[1]，他们说。或者，叫我以实玛利，但要经常叫我。又或者，别叫我以实玛利，叫我"匿名者"，叫我"无名氏"，叫我"徒劳"。孤儿们就是这么轻浮，他们勾搭每一个人，然后撕碎自己的电话簿，随手扔掉。他们绝不手软。

5. 你们不是我的亲生父母，每个孩子都这么想过，我不是你们的亲生骨肉。但对孤儿来说，事实如此。真正意义上的唯我独尊，那是何等的自由！对于孤儿来说，所有道路都是通路。对于孤儿来说，所有道路都是没有选择的路。对于孤儿来说，所有道路都

---

1 以实玛利是《圣经》中一个流浪者的名字，意为被遗弃的人。"叫我以实玛利"是19世纪美国小说家赫尔曼·梅尔维尔（Herman Melville，1819—1891）的代表作《白鲸》中著名的开篇语句。

是必要的路。他们又怎会被逐出家门？他们早已无家可归。他们一辈子都在搭便车，在路上四处漂泊。经验就是他们的法则。

6. 像只蜗牛一样前行，从另一方面来说是多么悲哀啊。速度很快的蜗牛终究还是蜗牛，把唯一的家驮在自己背上，而所谓的家不过是一个空空的壳。里面除了自己，别无他物。那份轻盈是沉重的。那片空洞让人心碎。

7. 可这些孤儿，他们激发了怎样的爱啊！无父无母的小婴儿被塞进购物袋，丢在门口的台阶上，遗弃在冰天雪地里。无家可归的小婴儿被装在篮子里，被小鸟、被丘比特、被小矮人，扔在卷心菜叶子下面。人们排队来看他们，盛满怜悯的目光在他们身上交会，每个人的口袋里都有钱，手里攥着打湿的手帕，满脑子想着救人，背包里装着毯子，温暖的臂膀敞开，等待将孤儿们揽入怀中。*亲爱的孩子，你们从哪*

里来？从黑暗中来。从恐惧中来。

8. 尽管如此，我们也受到了警告，要提防这些孤儿。他们很狡猾，心眼很多。你怎么知道他们是何来历？他们都是些什么人？把门闩上，把银器藏好！若是在芦苇丛中发现了婴儿，别管他们！不要让孤儿踏进你的家门！他们会为了一便士割开你的喉咙，他们会拐走你的女儿，引诱你的儿子，拆散你的家庭，因为家是心之所在，而孤儿没有心。

9. 不，你搞错了。事实正相反。孤儿不是盗窃者而是失窃者，孤儿不是凶手而是被害人。你可以根据孤儿留下的痕迹判断他们流浪过的地方。森林里的面包屑、血滴，化为一朵朵白色小蘑菇的泪水、树根与青苔之间一小堆一小堆的风干白骨。

看看统计数据：他们命运多舛。继母要把他们的舌头割下来盛在盘子里，父亲从镇上不告而别，他们的叔叔派来坏蛋，要趁他们睡着的时候用枕头把他们捂死。只有在书里，在一部分书里，才会有一位慷慨无私的恩人在紧急关头挺身而出，将孤儿从陷他们于水火的邪恶势力手中解救出来。邪恶势力是指什么？亲爱的读者，请照照魔镜，看着深邃无波的许愿池，扪心自问。

10. 话说回来，孤儿身份倒是个好借口。可以用来解释一切，每一次犯错，每一次误入歧途。正如夏洛克·福尔摩斯所说，**没有母亲管教他**。无人管教，多么令人向往！如此一来，大胆冒进的人生将会属于我们。激情如火的恋爱，不顾一切的冒险。诚然，我们拥有安安稳稳的成长环境，消息灵通的各路亲戚，养尊处优的物质条件，波澜不惊的生活，对此我们自然心怀感恩。然而在内心的某个角落，我们依然暗藏嫉妒。为什么就没有一件有趣的事发生在我们这样的宠儿身上？为什么所有精彩的台词都属于那些孤儿？

11. 然后他们该来信了，那些孤儿。你怎能如此轻佻地看待孤儿！他们会说。你不懂身为孤儿是什么感受。你就是那种人，会对没有腿的残疾人指指点点、幸灾乐祸。你肤浅，你冷血。你的心肠太硬了。

嗯，是的，亲爱的孤儿，我可以理解你们的感受。然而记录并不等于贬低。一切有关生活的记录都是冷酷无情的，因为生活本身如此。我为这一事实感到悲哀，但我无力改变。

（想想吧：万事万物都向失而生，万事万物都由无而盛。你们自始至终都是诸神的孩子，而我们不是。）

大门入口

跟随指引，你以为会看到一条道路、一条河流、一条小船、一扇大门、一个看门人。这些全都出现了，尽管没有一样符合你的想象。那条路和你以前经常蹒跚踏过的无数条人行道没有任何区别：混凝土浇灌，脏得平平无奇——风干的口香糖、新鲜的唾沫、零星的狗屎。你的脚已经走累了——你穿的是谁的鞋？——但没有地方可坐。至于河流，当你走到河边时，你发现那是一条运河，停滞的死水里浮着水藻，水面上漂着塑料袋。河上泊着一艘老旧的船屋，却没有小路通过去。顺着人行道，你倒是穿过了一座漆成灰色的巨大铁桥，然后出现了很长一段红砖墙。墙上贴着许多海报——是一部戏剧，不然就是一部电影的宣传广告——同一张海报，反反复复出现。上面印着一个女人，脸上的表情错愕，双手像自卫似的高高举起，另外配上蓝色和橘红色的大印刷字以及几行小字，显然是从报纸上摘录的好评，但不知为何你无法看懂。除海报外，砖墙上还有一些用喷漆喷上去的名字——你一个都不认识——以及亮粉色的手绘符号，让人联想到儿童派对上的小丑用长气球扭成的动物。

终于到了大门口。那里有一扇钢门，嵌在砖墙里面。门上有凹痕，仿佛是有人穿着很重的靴子踹出来的。看门人斜倚在门上。他的脸色看上去就像有些日子没睡好觉了。旧牛仔裤，满脸胡茬，破损的凉鞋，他的脚边放着一个破破烂烂的帆布背包。

你终于来了，只听他说，这些都是你的东西，我一直帮你保管到现在。

我的东西？你问。你观察着那个背包。它看起来并不眼熟。他说的这些东西是指什么？牙刷吗？内衣吗？

你存起来的东西，他答道，为了这一刻。

你拎起背包。它轻飘飘的。你心想，里面是不是装着一个三明治？你还不饿，但也许过一会儿就饿了。你看了看门，上面没有窗户，门没有上锁。

我应该是去这里面？你问。

我得先问你几个问题，他说，想好了再回答。

好吧，你回道。你大概猜得到他要问什么问题，你会被要求详细介绍一下自己，承认你的罪过，没错，就是罪过。你觉得自己准备好了。你没有做到尽善尽美，但话说回来，他们也不会指望你一点瑕疵都没有。肯定不会的，否则谁还进得去呢？

问题来了，他开口说，你现在最喜欢的颜色是什么？你爱过你的猫吗？你是否在人行道上捡到过硬币？你这辈子过得幸福吗？

突如其来的现在时态。第一个问题把你问蒙了。你有没有一个最喜欢的颜色？你想不出来。你原本准备好要为自己辩护的说辞一下子从你脑子里飞走了。
这时刮起了一阵风：撕开的海报打着旋飘过街道，嘴
唇、双手、双眼分开了。也许你应该打开背包瞧瞧。
你从未拥有过一只猫。硬币又跟它有什么关系呢？一
定是哪里搞错了。

瓶子 Ⅱ

把你的耳朵再往下凑近一点。用手捂住一只耳朵。想象贝壳。好了。现在你可以听到我的声音了。

瓶子里居然有声音，你一定吓了一跳。你以为你买的是一件古董，大部分人都会这么称呼一个圆形玻璃器物，装饰华丽，蒙着灰尘，有年代感，里面装着一层层五颜六色的沙，紫色—粉红—橘红—绿色—米黄。某种装饰物，某个纪念品，来自一个你从未去过的地方。

*　　*　　*

然后你看到在那塞着软木塞的瓶子里，沙子动了起来。一开始你以为是地震，一次小地震，茶杯晃一晃就完事了的那种。并不是。你凑近仔细看了看。你没看错：是的，紫色的沙面泛着一阵涟漪，一阵颤动，一种微弱的波纹。也许是某种有生命的虫豸。你拔掉了瓶塞。

就在此时，你听到了声音；确切地说，是我的声音。那是一种细碎的咝咝声，犹如老玉米的苞叶在微风中沙沙作响，或是长年困于洞穴中的枯叶在窸窣摩擦。咝咝，就像水蒸气断断续续逸出潮湿泥土的罅隙的声音。它是来自地下的声音，暗示了未知的压力、隐秘的力量。它是魅惑人心的低语。

你要知道什么，尽管问我，这个声音——我的声音——做出允诺。问吧，我会告诉你答案。你的车钥

匙？它们在床底下。你的股票？我看到了黄金，可那
归你所有吗？你的死亡，在何时何地？这声音不仅赋
予你知识，还赋予你恐惧。恐惧是未来的同义词，而
未来由许多分岔的路组成，应当说是正在分岔的路，
因为道路时时刻刻都在分岔，如同慢慢显现的闪电。
道路是过程，而非地点。我可以用我的指尖触碰这条
道路，这一条条道路，这张颤动着的分支网络，我的
手指现在如此细长，宛若蜘蛛的足。

我何以沦落至此？如今我这蛛形纲动物的形态。
我曾经风华正茂、容颜美好，追求者众多，那时我身
披如画长袍，怀有绝世天赋。我在洞穴里说出预兆，
来访者络绎不绝，排队等我召见。我怎会变得如此渺
小，如此透明，如此纤细，如此虚无缥缈？我是如何
被封在这个瓶子里的？那是个不寻常的故事，说起来
不可思议，放到今天根本不可能发生。即便连我自己
都不再确信它是真实的，我还是会讲给每一个把耳朵
凑过来的人听。

此时此刻，那个人就是你。我并不是一件古董，朋友。就算是古董，你也必须称之为独一无二的古董，古董之中最好的古董。只有好奇心很强的人才会寻求这样的古董。而你正是一个好奇之人，在完全不熟的人家里你会查看浴室墙上的医药柜。你是个热切的听众，你不由自主地倾听，无论什么你都想听。我懂你：我也曾有一颗好奇心，就像你。我们都是会从瓶子上拔下瓶塞的那种人。不是酒瓶，而是沙瓶。

第 二 部
Part 2

冬日传说

　　很久以前，你说，有一种长角的细菌。它们生活在卫生间里，只有大桶大桶的漂白剂才能消灭它们。你也可以用这种漂白剂杀死自己，有些女人这么干过。

　　年轻人睁大眼睛，抬头看着你。也有可能是低头看着你：他们的个头长得很高了。这年头，多年轻才算得上年轻人？因人而异。有的人年纪已经很大了，但他们依然轻信于人，因为你经历过，而他们没有。

　　不仅如此，你接着说——你乐在其中——以前没有人露着肚脐眼上街，只有水手和罪犯才文身。那时候也没有电话，没有疫苗，所以当你因为腺体爆裂、肠道气滞胀痛、喉咙结网、得脑膜炎快要死掉的时候，你没法打电话叫医生。如果你跟人上床不做保护措施，你的鼻子会掉下来，那时候的人掉鼻子的速度比现在要快得多。

年轻人还在听。他们相信你的话吗？你对他们来说是否够危言耸听？你自然希望如此。

如果你是已婚妇女，到了三十岁你就玩儿完了，你说。你注定会穿上印花裙，腰上扎着松紧带，坐在门廊——那个年代还有门廊——的一张摇椅上，因为空调还没发明出来，你摇着扇子，唠叨自己的扁平足、坐骨神经痛、静脉曲张，还有你丈夫睡觉打鼾，每周二你都得给他熨衬衫——堆积如山的衬衫。这一切都是性生活得不到满足的隐喻。

这时响起了咯咯几声窃笑。可你不愿意过去被人一笑置之：你为过去付出了太多代价。过去应当得到尊重。所以现在是时候荷枪实弹了。

我给你们讲讲肉糕。你压低了声音，此时你周围一张张早已失去血色的面孔越发白如死灰。是的——

肉糕！肉糕，还有灌肠，还有圆脑袋注射器，用于所谓的"妇科卫生"——三者之间并非毫无关联。你用一种让人汗毛倒竖的耳语声说道。

此刻，年轻人一脸恐惧又入迷地盯着你，就好像你马上要扯下自己的一条腿，露出一截生苔发绿的断肢。战争故事，这就是他们想听的——战争故事，让人作呕的菜单。他们想听苦难，想看伤疤。要不你给他们讲讲炖肉的故事？

但那样的话可能就过火了。无论如何，这一晚上你已经过足了瘾。

半神不易当

海伦和我在一条街上长大，她家就在我家前面。以前我们常常在她家门廊外面兜售"酷爱"[1]，五分钱一杯，每次她都抢着去端杯子，眼睑低垂，脑袋上扎着粉红色的蝴蝶结，迈着小碎步一颠一颠走下台阶，活像走在鸡蛋上。我觉得她手脚不太干净，会偷偷揣几个硬币在自己兜里，反正她不是顶老实的那种人。我知道她现在出了名，但实话实说，那时候她就是个讨厌鬼，现在也一样。她尽扯些烂透了的谎言，说她

1　Kool-Aid，美国贫民窟常见的一种廉价饮料，由小袋颜色鲜艳的粉末加水冲泡而成。

爸爸是某某大人物，地位非常非常高，不到教皇的级别，但也差不多了，对此我们自然报以嘲笑。倒不是说那位所谓的大人物一次也没露过面。她母亲只不过是个再普通不过的单亲妈妈——现在都是这么称呼的，不过我妈说以前的人对她们有另一种叫法。她说他们晚上在那儿干些见不得人的勾当，自然是这样，因为镇上每个男人都把她当免费的午餐。他们喝醉了就朝人家大门扔石子，喊人名字，扯着嗓子乱号几声。海伦有两个兄弟，俩男孩都叛逆得很，很早就离家出走了。

十岁那年，海伦痴迷过一阵子马戏团——喜欢打扮自己，觉得自己将来会成为一个空中飞人，后来她跟开美容院的女人走得很近，那个女人常常给她做头发，送她产品小样；之后她开始画烟熏妆，在巴士站附近游荡。据我猜测，她是想钓一张离开小镇的巴士票。她长得很漂亮——这一点我承认——所以我一点也不奇怪她早早就结了婚，嫁给了警长。这一对可谓男才女貌，因为男方都快四十岁了。

但就在几个月前，她跟城里来的一个过路的男人跑掉了。到头来她根本不需要巴士票，因为他有自己的私家车，天赐良机。她丈夫气坏了，嚷嚷着要带一帮人进城，揪出两人，把男的揍扁，把女的抓回来，收拾一顿。很多男人压根儿不会把那种荡妇放在心上，可警长似乎不赞同离婚，号称总得有人捍卫正确的价值观。

我个人认为他还对她心存迷恋，而且无论如何，他的自尊受到了伤害。火上浇油的是，她现在招摇得很——她的新欢非常有钱，让她住上了豪宅。她的照片上了杂志，人们让她发表自己的意见，这就够恶心人的了。就这样，她戴着崭新的珍珠项链，花枝招展地出现在公众面前，笑得跟蜜一样甜，大谈自己的新生活有多么幸福，还说什么每个女人都应该听从自己的真心。她说自己作为半神降生在人世，她的成长很不容易，不过现在她已经认命了，打算进军影坛。她说她第一次结婚的时候太年轻，可如今她明白了爱情有多么让人充实，而警长不行，唔，反正他就是不行。大家理所当然地认为她说的是他在床上不行，所以暗地里不乏讥笑，但没有表现在明面上，因为他在镇上还是挺有势力的。

说到底，抱歉，我一语双关，谁都不喜欢被人笑话。警长是大家族出身，有一个亲兄弟和许多个堂兄弟，他们个个肌肉发达，脾气火爆。我打赌事情会闹大的。等着瞧吧。

莎乐美是个舞女

莎乐美勾引教宗教研究学的老师。她的心眼坏透了，他完全招架不住，戒备心还不如砧板上任人宰割的西葫芦。他成天把道德礼法挂在嘴边，可到了超市，他又会用那种让人发毛的方式抚摩葡萄柚，一手握一个，站在那儿摸，口水恨不得都要淌下来。像他那种尖嘴猴腮的男人，但凡被哪个女人正眼瞧上一眼，立马就会给人跪下，可从来也没有女人正眼瞧过他。就像我说的，莎乐美是个心眼很坏的女孩，他让她期中挂了科；她家里又逼她逼得紧，要求她的表现如他们所愿，所以我猜，她大概是把勾引老师看成了一条捷径。

不管怎么说，摊上了她妈那样的妈，她还指望啥呢？离婚又再婚，胳膊上挂满镯子，假睫毛翘得老高，强势得要命。莎乐美才五岁就被套上花边吊带袜，被送去参加各种选美比赛，上踢踏舞课，诸如此类。他们往那群可怜的小不点脸上抹厚厚的脂粉，教她们扭自己的小屁股，那场面可真不堪。后来她继父执掌了全镇最大的银行，所以她大概觉得自己可以为所欲为了。瞧她冲他眨巴纯真无邪的蓝眼睛，满嘴甜言蜜语的样子，要说他们之间没有那方面的勾当，我也不会惊讶，看她在他身上蹭来蹭去，嗲声嗲气地撒娇，真叫人恶心。他答应了等她到了16岁就送她一辆保时捷。

12岁那年，她在校园剧里扮演叮当小仙女[1]，我自然是忘不了。她身上除了七层薄纱，什么都没穿。据说薄纱下面有一层打底的紧身衣，但不管有没有，你

1　Tinker Bell，英国小说家、剧作家詹姆斯·巴里（James Matthew Barrie，1860—1937）创作的戏剧《彼得·潘》中的一个角色。

都会和我一样想入非非。台下的中年爸爸们全都跷着
二郎腿坐在那儿。嗬，她就是存心的！

　　总之，她的宗教研究学考砸了，然后她就开始
打那家伙的主意。天知道两人是怎么搞上的，反正当
他们在仓库里被逮个正着的时候，她的上衣已经脱掉
了。老师气吼吼地冲着她的胸罩直叫唤，怎么都解不
开钩子，据说情况就是这样，你不笑都不行。叫我
说，要想得到包裹里的东西，你至少得知道怎么解开
绳子吧。总而言之，大丑闻一桩。接下来他开始给她
泼脏水，说她是个小娼妇，是她先勾引他的，还含沙
射影地提了她母亲。自然，每个人都相信他的话，但
莎乐美的为人你一贯都了解的，如果有人要掉脑袋，
那个人绝不会是她。她指控那可怜的傻瓜性侵，从法
律意义上来讲，她还未成年——当然也由于她那位银
行家继父施展淫威——于是她的指控就成了板上钉钉
的事实。那家伙最后一次出现在多伦多，当时他正徘
徊在地铁站里行乞，一脸大胡子，活像耶稣，整个人
疯疯癫癫，精神彻底错乱了。

  莎乐美也没有落得一个好下场。她参加了芭蕾舞学校的选拔，觉得自己应该很适合跳现代舞：穿着暴露，一门心思地扭胯，光着脚丫子，狂舞四肢，可她还是没被选上。有一天她妈和她继父大吵一架，深更半夜大声嚷嚷公主小姐和她的龌龊事，还摔了家具，之后莎乐美就离开了家。从那以后她开始在酒吧里跳脱衣舞，我打赌她这么做只是为了气她爸妈。一天晚上，她在自己的更衣室里被人打了，这事恰好发生在她上台之前，掮客可算是人财两失。有人用花瓶砸了她的脑袋，当时她浑身上下几乎一丝不挂，只套着一件流苏边黑色皮质内衣和铆钉项圈——以勾起客人们的性欲，至于是如何勾起的，我个人并没有经验。有人看到两个家伙从舞台后门跑了出去，衣着像单车邮递员，反正就是某种制服，犯人到现在也没抓着。有传言说打手是她那个被嫉妒冲昏了头的继父派来的。男人谢顶之后都会变成那样。要我说，全是母亲的错。

外邦人的剧情

从幼年开始，我就知道我的志向是参演一段剧情，或者几段剧情——我把这当成一项事业。可是从来没有任何剧情来找过我。一个朋友告诉我，你必须主动申请才能得到剧情。虽然他没有亲身参与过什么剧情，却见过世面，所以我听从他的建议，去了剧情工厂。面试是第一步，就像干其他任何事一样。所以呢，桌子后面那个百无聊赖的年轻人说，你觉得自己已经具备出演剧情的条件了？你想扮演什么样的角色？他手里翻弄着一份清单，用毡头笔在上面画来画去。角色？我问。是的，我们的业务就是这个。剧情和角色。两者缺一不可。噢，我答道，那我不妨试试主角。主角之一也行——我想每部剧都需要不止一个主角。你当不了主角，他直截了当地说。为什么？我问。去照照镜子，他说，你是外邦人。外邦人？你是什么意思？我问道。我是个体面人。我不跳淫邪的舞[1]。**外邦人**，他用无精打采的声音答道，查字典去。外国人，外来的，从外面进来的。非本地人。可我就是这儿土生土长的，我说。是我的口音很奇怪还是怎么着？我不定规则，他说，就算你是本地人吧，我不否认，可你的外表并非如此。如果我们身在别处，你看着就不会像是外国来的了，因为你已身在异邦，那里每个人都一样。如此一来我就成外国人了，对吧？他发出一声短促的笑。但我们是在这里，对吧。我们在这里。而你在那里。我无意理论谁长得像哪里来的人，所以我说，那好吧，不是主角就不是吧。还有什么选择？给外国人的选择嘛，他一边说，一边翻着手

1　原文"exotic"，外邦人，指来自异国他乡、有异域风情的动物或植物；"exotic dancer"也有脱衣舞女的意思。

上的单子。让我瞧瞧。照以往的惯例来看没有太多选择。你可以当一个生性活泼、心地善良的外邦人，也可以当一个愚昧、酗酒、打老婆的外国人，或是从马背上摔下来的外邦敌人，抑或是头脑聪明但心肠歹毒的外邦人，心怀某种庞大而邪恶的计划。你若是女人，就可以当一个充满异域风情的性感尤物——风骚、美艳、不受道德束缚的堕落之花。除此之外，你也可以做一个滑稽的仆人。就是这些了。就这些？我问道，只觉得心灰意冷。不过现在的选择多了一些，他又开了口。他的态度热络起来。你可以做最好的朋友，他说；你无法抱得美人归，但至少能得到某个女孩的芳心。你也可以做隔壁的邻居，闲来串门拉拉家常。或者当一个世外高人——导师之类的人物，教主角用剑，单手砍人头颅。这样的角色啥时候都用得上。你还可以当个智者；你可以信仰，比方说，一个古老的宗教，或者说一些富有深意但晦涩难懂的话，发出你称之为那啥的东西。预兆，我接道。正是，他说，类似于此。过去，你只要是个女人就能拿到那种睿智的角色，无论什么样的女人；但自从女性走上职场以后，再也没人相信她们有头脑了。这年头你当不了聪明女人，除非是从外国来的女人。男人也能拥有智慧，但你得上了年纪才行。留胡子管用。你会唱歌吗？不太擅长，我回答。太遗憾了，他说，那么，歌剧没戏了。歌剧里有很多情节。否则我可以安排你进合唱团。合唱团的人长成啥样都无所谓。反正所有人都穿着异域风情的服饰。听我说，我开了口，这些听起来没有一个适合我，都不对路子。给我在剧情工厂安排一份工作如何？我觉得我应该擅长这个。什么？他的声音里充满了警惕。我很快就能摸出门道，我说，我可以编新的剧情，或者给老剧情加一两个转折——给角色换几个情节什么的，让其他人也有机会扮演酗酒的傻瓜和滑稽的仆人之类，拓宽他们的戏路。我心里想的其实是，那样一来我就能给自己量身定做一两个主角，实现我童年的梦想。我还可以写一整出戏，里面除了外邦人，没有其他的人。全场都是外邦人。然后我肯定能当上主角，这是板上钉钉的事。

他眯起了双眼。也许他渐渐看透了我的心思：我不是个拐弯抹角的人，一贯不擅长隐藏内心的想法。我不知道，他答道，我们是标准化作业。我认为你说的行不通。

伊卡利亚[1]人的资源

一个国家需要资源，而我们国家什么资源都没有。没有油井，没有矿床，没有钻石，没有森林，没有肥沃的表层土壤，没有可以发电的湍急江河。像我们这样囷于大海中央一座山羊泛滥的贫瘠孤岛，不靠近世界上任何一个重要地区，又怎能拥有那些资源呢？

诚然，我们拥有某种历史。很久以前，在没有雷达的年代，有很多船只撞毁在我们海岸四周变幻莫测

1　希腊的一个岛屿。

的礁石上，搁浅在我们捉摸不定的浅滩。我们的祖先相当擅长趁火打劫，他们把信标移来移去，将失事的船洗劫一空，从尸体上搜刮财物。我们尝试过把这段历史变成资源，但没有取得什么成果。外来的游客要想到达我们这片乱石覆盖的狭小海滩，感受昔日种种惨无人道的野蛮暴行，必须跨越漫长的旅程，代价自然是过于高昂。我们也搭建过几座废墟，但它们一点都不真实，即使从远处看也没什么说服力。

在充斥着虚假信息的旧时旅行指南里，有些关于我们的记载引用了一则传说，讲的是我们这座岛因某位天神的事迹而诞生：希腊神话里鼎鼎大名的伊卡洛斯在蜡做的假翅膀被太阳光熔化后坠入大海，我们的小岛名由此得来[1]。这一谬误源于我们小岛的名字：事实上，此词跟希腊语一丁点关系都没有。在我们的语言里，它的意思只不过是"一团泥巴"。然而度假

---

[1] 伊卡洛斯（希腊文：Ἴκαρος，英文名称：Icarus）是希腊神话中代达罗斯的儿子，在与代达罗斯使用蜡和羽毛做的翼逃离克里特岛时，他因飞得太高，双翼上的蜡遭太阳光熔化而跌落水中丧生，被埋葬在一个海岛上。为了纪念伊卡洛斯，埋葬伊卡洛斯的海岛被命名为伊卡利亚。

村——不如说曾经的度假村，由看好我们的外国投资者建造，无一例外都在第二个旅游季的中途关门大吉，然后被我们原住民戏称为厕所——他们企图利用这一浪漫的谎言牟利，还把一个长翅膀的男孩印在他们的信笺上。一个烧焦的男孩正在坠入死亡，容我补充一句。把这作为标识有些欠考虑。

我们该怎么办呢？儿童性交易不适合我们：我们的小孩长得不好看，品行又粗野，而且由于他们熟知我们祖上的历史，还养成了抢劫潜在客户并把他们推下悬崖的恶习。我们试着推出一些本土的手工艺品：教年纪大的女人去做梭织[1]——对这方面她们还残留了一丁点记忆——可这年头谁还要梭织？就连我们的梭织比基尼产品线都没搞起来。我们尝试过网络电话营销，借此打劫不受保护的信用卡账号——我们向来逃逸于法网之外，因为任何类似法庭的机构都跟我们远隔重洋。我们还做过一阵子虚拟航班预定生意，结果

1　用手工梭子绕棉线或亚麻线制成的一种复杂花边。

因商务舱休息室发生了太多起冲动杀人事件而告终。我们也开过连锁快餐店，专卖山羊肉汉堡，却没能让它火起来。最后连山羊也消耗殆尽。所以现在该怎么办呢？我们问自己。我们的劳动力原本就不充足，仅有的劳动力还都不爱劳动。我们真正想干的是开离岸银行，不然开个惩教所也行，可这些都不能从树上长出来。

走投无路之际，我们又回过头来打起了艺术家的主意。毋庸置疑，我们积蓄了太多苦难，足以孕育出一大批艺术家。从他们幼年开始，我们就有意将痛苦加诸其身，待他们长大之后继续隔三岔五地施以折磨。我们断定，这些艺术家将会在贫困潦倒中创造出艺术。他们会去写作，或绘画，或歌唱，然后英年早逝，从此我们就能变现了。我们可以印一些黑白明信片，上面的艺术家要么皱着眉头，要么绷着脸；还可以开发朝圣之旅，开辟各种景点（艺术家的出生地，上面挂一块蓝色瓷釉牌匾；他们常去的本地酒吧，同上标识；他们最爱睡的排水沟）；用铁丝衣架扎一些俗里俗气的艺术家小塑像；也许再来一本——这要求是不是过分了？——咖啡桌图书[1]。而在远方上映的一部电影里，一切再度重演：艺术家受尽苦难，愤世嫉俗，沉溺于酒精，过早离开人世。不过这项计划至今仍未实现。

我们确实出了一个差点得奖的诗人。他去年一命呜呼，酒精和毒品是帮凶，我们一部分人也是。我们也许太急于求成了，也许我们应该等他再成熟一点，一个活着的潦倒诗人是经济负担，一个死去的诗人却是潜力股。

无论如何，我们还有希望。我们最大的资源无疑是我们的乐观精神：你可以称之为"对人文精神的致敬"。T恤制造商已经行动起来了。希望犹存。

1　指放在咖啡桌上当摆设用的书，一般都是装帧精美但内容贫乏的大画册。

我们的猫咪进了天堂

我们的猫咪被送上了天堂。它向来恐高，所以拼命想把爪子扎进拉着它升天的无论何种隐形生物体内，管它是蛇也好，巨掌也好，老鹰也罢，但很不幸，它什么也没抓着。

当它到达天堂的时候，发现那里是一大片田野。有许多粉红色的小东西在地上跑来跑去，起初它以为是老鼠。然后它看到上帝坐在一棵树上。天使们扑闪着白色的翅膀，在空中飞来飞去，发出鸽子一样的咕咕声。每隔一段时间，上帝就会伸出他毛茸茸的大爪子，从空中抓下一只，嘎吱咬碎。树底下落满了被咬断的天使翅膀。

我们的猫咪彬彬有礼地走到树边。

喵，猫咪开口说。

喵，上帝回答。事实上，这一声更接近于咆哮。

我一直都觉得您是只猫，我们的猫咪说，但以前我无法确定。

在天堂里，万事万物都是显现的，上帝说，我选择以此形貌在你面前显现。

我真高兴您不是一条狗，我们的猫咪说，请问我能拿回我的睾丸吗？

当然可以，上帝答道，它们就在那边的灌木丛后面。

我们的猫咪一直都知道它的睾丸肯定还在某个地方。有一天它从一个相当可怕的噩梦中醒来，发现它们不见了。它四处寻找——沙发下，床下，壁橱里——到头来它们居然在这里，在天堂！它走向灌木丛，果不其然，它们就在那儿。它们立刻被接回了原处。

我们的猫咪开心极了。谢谢您，它对上帝说。

上帝舔舐着他优雅的长胡须。别客气[1]，上帝答道。

我可以帮您逮几个天使吗？我们的猫咪问。

你一贯不喜欢高处的，上帝说，他们在树枝上横卧下来，阳光洒在他们身上。我忘了说，天堂里还有阳光。

是的，猫咪回答，我从来不喜欢。有几个令它心惊肉跳的小插曲，它宁可不再想起。那么，可以抓那些老鼠吗？

它们不是老鼠，上帝说，不过你爱抓多少就抓多少吧。别把它们一下子弄死，叫它们吃些苦头。

您的意思是，跟它们玩玩？猫咪问，我以前常常因此惹麻烦。

这个问题属于语义学的范畴，上帝说，在这里你不会因为这种事惹上麻烦。

我们的猫选择性地忽略了这句话，因为它不懂

1　原文为法语"De rien"。

"语义学"是什么意思。它不打算让自己出洋相。如果它们不是老鼠，那是什么？它问道。它已经扑到了一只，用爪子把它按在地上。它蹬着腿，发出尖细的叫声。

它们都是尘世中作恶者的灵魂，上帝半闭着他绿中泛黄的双眼说，好了，如果你不介意的话，我要打个盹儿了。

那它们在天堂里干什么呢？我们的猫咪接着问。

我们的天堂就是它们的地狱，上帝说，我想要一个阴阳平衡的宇宙。

小鸡仔[1]越过界

小鸡仔读了太多报纸。他听广播听得太多，看电视也看得太多。有一天，某根弦啪地一下绷断了。最后一根稻草是什么？不好说，但不管是什么，都不至于让他歇斯底里。一般人对这种事都能泰然处之，因为动不动发牢骚太不招人喜欢了，但小鸡仔不行。他总是一惊一乍的。他跑到大街上，扯着喉咙喊了起来。天要塌了！他叽叽叫道。

---

1 欧美寓言中的一只小鸡仔，这只小鸡仔被橡果砸中后以为天塌了，口头禅是"天要塌了"（The sky is falling）。"天要塌了"也成为英语中一句俗语，表示杞人忧天。

噢，看在老天爷的分上，正在往四轮驱动超级小货车上搬杂货的钱钱母鸡说，小鸡仔，这是公共场所。你打扰到大家了。

但是天要塌下来了啊！小鸡仔说，我是在拉响警报。

你去年就拉响过一模一样的警报，钱钱母鸡说，而天空还在原处一动未动。如我上次所见，她补了一句，语气极尽嘲讽。

"天要塌了"是个隐喻，小鸡仔气鼓鼓地说，天空的的确确是在往下塌，但天塌了意味着各种各样别的东西也在塌陷。塌陷，四分五裂。你该醒醒了！

回家去，喝杯啤酒，冥想一会儿，钱钱母鸡说，随它去吧，到明天就会好起来的。

然而到了第二天，小鸡仔并没有好起来。他顺道去拜访了他的老朋友聪明火鸡，后者在一所高等院校教书。

天要塌了，小鸡仔说。

这是一种分析，聪明火鸡说，但有数据显示并不是天塌下来了，而是大地在上升。纯粹是大地升高挤占了天空的位置。这是由自然的地理周期引起而非人类活动的结果，所以对此我们无能为力。

大地上升也好，天空下降也罢，我看不出一丁点区别，小鸡仔说，因为无论哪种情况，最终的结果都是我们会失去天空。

这是一种头脑简单的看法，聪明火鸡用高高在上的无礼口气说道。

小鸡仔砰地甩上了聪明火鸡的办公室门，把聪明火鸡贴满幽默连环画剪报的软木公告板震落到地上。然后他去了以前的室友呆头鹅那儿，呆头鹅现在是一份主流大报纸的编辑。

天要塌了，小鸡仔说，你有责任就此写一篇社论！

如果你说的是"股市塌了"，那会成为新闻，呆头鹅说，的确，天要塌了，正在一块一块掉下来。我们又不是不知道这件事，但专家已经在想办法了。他们很快就会有解决方案的。在此之前，我们没有必要引起恐慌。

小鸡仔快快不乐地走开了。他去了一家酒吧寻求慰藉。他喝了两杯。

借酒浇愁？酒保问。酒保名叫火爆臭鼬。

天要塌了，小鸡仔说。

人人都那么说，火爆臭鼬说，那妞待你不好？要问我的意见，那就是换个妞。打打高尔夫球，泄泄火，对你有好处。

高尔夫草场含有有毒的化学物质，会让你的生殖腺癌变的，小鸡仔说道。

你跟我扯什么狗屁环保的鬼话？火爆臭鼬说。他干腻了自己的工作，想找碴儿跟人打架。

抱歉，一直在一旁偷听的幸运鸭插了进来说，我无意间听到了你们的谈话。我是一个游说团体的主席，我们致力于解决天空方面的问题，你好像正在为此烦恼。这不是你一个人能承受的事。我们齐心协力就能扭转乾坤！你带了支票簿吗？

小鸡仔回绝了这不请自来的善意援助。他也成立了一个团体，名叫TSIF，即"天要塌了"（The Sky

Is Falling）的首字母缩写。一开始，他不得不一个字母一个字母地向记者解释。他建了一个网站，很快就召集了一帮虔诚的信徒。他们大部分是旱獭和麝鼠，可谁在乎呢？他们在政治集会上聚众示威。他们堵住高速公路。他们破坏首脑会议。他们举着大标语："夺回天空！没有天空，就没有馅饼，就没有甜蜜的再会！天有多高，我们就能走多远！"

事态越来越严重了，晕头猪说。他是一家销售空中养老楼阁的大型地产开发公司老总。他本人则住在地堡里，以防备现在随时随地都会掉下一大块的天空碎片。

他叫来了滑头狐。滑头狐在黑暗世界中活动。他拿钱干脏活，零欠账是他的信条。男人得养家糊口，这是他的座右铭。并不是说他有多重视家里那几口。在他看来，他们就是一种摆设。

这个叫小鸡啥玩意儿的蠢货太碍眼了，晕头猪对滑头狐说，他闹得我脑袋疼。他挡我的道了。你应该让他一了百了。

我会把那家伙当早餐吃掉，滑头狐说，没有比这更好的解决办法了。吃得干干净净，除了几片羽毛，啥也不留下，而且尸体永远也找不着。话说你打算给我多少报酬？

天有多高，就给多少，晕头猪答道。

于是事情就这么着了。

袋狼炖菜

有人克隆了袋狼。他们从一块骨头上提取了一些DNA，并掏空了一只袋獾[1]卵子里的细胞核，然后把袋狼的骨头DNA移植进去。卵子长大了，他们让它着床，但没有成功；他们又试了一次，依然没有成功；他们继续尝试，失败了一次又一次；他们试着做些细微的调整，折腾来折腾去，终于克隆出了袋狼。它出生了，是一只袋狼幼崽。他们悉心养育它，怀着浓厚的兴趣关注它。它存活了，带着一身条纹满地疯跑，

1　又称"塔斯马尼亚恶魔"（Tasmanian Devil）、"大嘴怪"，是一种有袋类的食肉动物，现今只分布于澳大利亚的塔斯马尼亚州。

就像在现存的唯一一部有关它的影片里那样，它跑一会儿，走一会儿，不时发出无声的吠叫，无声是因为那部电影是默片。当它停下来注视镜头的时候，表情既凄楚又严峻。那就是一只袋狼没错，至少看上去像，或者说看上去和我们想象中的袋狼一样，因为在世的人没有一个亲眼见过这种生物。不管怎样，他们创造的生物已经够像了。何必纠结于细节呢？

这件事自然是上了头条，他们给这只袋狼起名楚格尼尼[1]，一个你会在世界那头的餐厅菜单上看到的名字，可能是一种致敬，也可能是一种营销方式，或是一种纪念，就像墓碑上的铭文。总而言之，他们叫它楚格尼尼，来源于那座岛上最后一个纯种的澳洲土著——她被人奸污，据说如此；她的姐妹被人杀害，据说如此；她的母亲被人杀害，她的丈夫在她面前被人杀害，她的父亲死于心碎，她独自幸存下来，

---

1 原文Trugannini形似Truganini，Truganini是世界上普遍认定的最后一位离世的塔斯马尼亚原住民妇女（约1812—1876）的名字。

在一种能杀死大多数人的孤独之中度过余生。她的遗骨被挖出来展览了一百年，这违背了她的意志，可是她已经死了，死人能有什么意志，死人又哪有权处置意志。毕竟已经死了，除了作为一具白骨，装在玻璃箱里供人凝视，别无其他存在方式。袋狼的骨头也一样，任人观看了许多年，任人掠夺DNA以制造克隆体。

参观者蜂拥而至。一部纪录片被拍了出来，斩获多个奖项。接下来怎么样了呢？袋狼失踪了。人间蒸发。有一天它在那儿，形单影只。一头独狼，关在它的笼子里，或者不如说待在它景色优美的人造大庭园里，不停跑来跑去，好像是在寻找什么，然后它就消失了。不过，它并非死于孤独。它是被人卖掉了。一个疯狂的科学家靠它发了一笔横财，去了百慕大群岛安度晚年。一位品位不俗的大富翁吃掉了这头袋狼。他把它做成了一道炖菜。他对独一无二的东西情有独钟，想成为全世界唯一一个吃过袋狼的人。即便经过

了精心烹调——虽然没有食谱可参考——它的味道也
不怎么好，但吃起来感觉它非常昂贵。吃了它的人在
自己的私人日记里写道：这笔钱花得太值了。

动物舍弃了各自的名字
然后万物回归其本源

1

一切都始于那头熊。熊说

我要从束缚中挣脱

我不是Bear，l'Ours，Ursus，Bär[1]

也不是你加诸我的

任何其他音节组合。

1　Bear、l'Ours、Ursus、Bär分别是"熊"的英语、法语、拉丁语和德语单词。

忘掉城堡里的挂毯吧

里头刺绣的锁链再也拴不住我。

忘掉狩猎的血色荣光

那荣光只照耀在你身上，

只属于你和你的棍棒。

忘掉童话吧，在童话里我是

你蓬松的玩偶，披着毛皮的王子，象征

人间恶魔的替身。

我不是你的大衣、地毯、镶玻璃眼珠的战利品

头颅，

陪你睡觉的毛绒玩具，也不是我

和缀满星星的小熊栖于深空。

我不是你的图腾；我拒绝

在你的马戏班跳舞；你不能

把我的灵魂刻进石头。

我声明放弃隐喻：我并非

偷小孩的贼、会变形的怪物。
吃垃圾的老朽，你可以
把明喻也填了做标本：没剥皮的，
我不像个人。

我收回被你们偷走的，
我用你们的语言宣布
我现在是无名之物。
我的真名是一声吼。

（仔细想来，我也不是
英国人的一件头饰：
我不是英勇的代名词。
我要甩掉一切军事责任
回家吃鲑鱼。）

我也照做，狮子说，
然后腾出了他的纹章

和电影标识；而老鹰说，

让我从这面旗帜上脱落。

2

就在此时，字典开始解体

时间停滞，然后倒流；

毛衣拆散绕回它们的毛线球，

毛线球滚落草地咩咩叫着跑走；

香水回到了法国

由于香气过于浓郁

那里的老人甜蜜逝去。

牧师把他们的衣裙

交还给妇女，而妇女

赶在前主人来认领之前

匆匆扔掉了她们的鳄鱼皮鞋。

东海岸的小提琴

从琴手的指间飞走，

吸收了华尔兹、哀歌和里尔舞曲[1]，

降落在苏格兰，裂成碎片

呼啸着奔往自己的木头与纹络

消失在林间

消失在死了很久的猫的肺腑与号叫

以及精疲力竭的马的尾巴里面。

歌声顺着歌手的喉咙

把自己咽回肚里，

十亿台电脑炸成无数碎片

在发明者的大脑里

一片一片回归原点。

被压扁的老鼠从捕鼠夹里倒射向外面，

新娘和新郎像分离的列车厢解开了勾连，

1　一种苏格兰传统音乐。

沙丁鱼罐头纷纷爆炸，释放出蠕动的鱼群；

恐龙的骨头像导弹嗖地划过空中

从博物馆回到险恶的劣土，

子弹嗖嗖飞进了它们的枪筒。

玻璃珠子从长袍和软皮鞋上砰砰弹走

像危险的彩色冰雹掉落在意大利的国土上，

白人伴着嗖嗖一阵污染，

从大西洋上销声匿迹，手里

徒劳地攥着他们的电动工具、车钥匙和割草机

而所有工具都像金属鱼一样潜回矿井；

还有黑人，也重新学会了切分音；

所有盛开的花朵都被吸进花苞，缩回茎里。

土著飞快地除掉了

牛仔和长角牛，之后却转身离去

一路向西，向祖先的平原

高呼再见，而长毛的乳齿象和始祖马

再度统治了这片平原

在世界各地

孩童的身体缩小了，开始

掉牙并长出毛发。

3

突然之间，火烈鸟多了许多

然后一个接一个变成了蛋，

人类的肉体转头沿着自身

踏脚石似的生物谱系逆行。

男人成了女人成了男人，容器成为容器里装的

物体，

脱离了语言，将自己聚合成，

一串又一串原生质体

直到全世界只剩下最后一人，

独自等待第一次命名

然而久经世故的动物们，听到风声

并已懂得统治一词

的多重含义，

所以没有现身。

而亚当不知言语为何物，被剥夺了

他的专有名词武器库

然后尘归尘土归土

尘土则归于熔岩

熔岩沉入还未凝固的大地

大地卷入炽热的漩涡

化为能源，能源涌入

自己的电位，打着旋

如同荧光闪闪的洗澡水

排进一个不存在的虫洞里面。

4

我可以以一个寓意作结，

假装这是一则动物寓言，

尽管没有任何寓言真的在说动物。

我可以告诉你：不要招惹熊，

不要开它不怀好意的玩笑，

请可怜可怜它的熊心；

我可以忠告你，请三思

而后行。

我可以劝告你，不得妄用

任何事物之名。

但是一切早就为时已晚，

因为你失去了阅读能力，

因为你记不起阅读是哪个词语，

因为失语症让你眩晕，

因为书页渐渐暗淡卷曲

因为它已液化而无法撷取，

因为上帝造词时咬到了舌头

第一个照亮蒙昧的词语

悬停于无形太虚

未发出声音

我近期不会写的三部小说

1. 零号蠕虫

在这部小说里，所有蠕虫都死绝了。其中包括线虫，以及所有蠕虫形状的东西，哪怕不是严格意义上的蠕虫。该不该把昆虫的幼虫也算在里面？蛆算不算呢？等做了深入研究以后，我才能更好判断。

总之，蠕虫。土里钻的，水里游的。鱼体内的虫。狗体内的虫。人体内的虫，比如蛲虫、蛔虫和绦虫。它们都死了，一条都不剩。这并不一定是坏事。

或者说一开始不一定是坏事。但很快——因为现在蚯蚓死光了，这关系重大——土壤里的养分不再像往常一样循环。不再有蚯蚓的粪便排出地表，也不再有虫钻的洞孔让雨水渗入。有价值的营养物质会一直封存于底土。曾经的肥沃耕地渐渐变成了花岗岩。农作物开始发育不良，最后彻底停止生长。饥荒随之而至。

在这个悲惨的故事里，我们应该从谁开始讲起呢？我投克里斯和阿曼达一票。他们是一对讨人喜欢的年轻夫妇，在第一章，也可能是第二章，他们有干柴烈火的性爱。然后现实降临到他们头上，毁掉了他们的计划，包括翻新厨房以及在灶台上安装一台新的弹出式圆形环保冰箱。

小镇昔日的繁荣一去不复返，社会秩序崩坏了，人们开始吃自己家的猫咪和金鱼，连饭厅用作装饰的干向日葵都被用来果腹。于是这对夫妇离开了自己居住的城镇，逃到了乡下的避暑农舍。

阿曼达是两人之中的乐观主义者，她尝试在他们家那块除了矮牵牛花什么也没种过的可怜小菜地里栽种小番茄。克里斯则崇尚现实主义。他正视灾难，直面一条蠕虫也没有的现实。（是的——我命已至此！——蛆也绝种了，这解释了为什么农舍四周遍地躺着各种动物尸体，虽然被乌鸦之类啃得残缺不全，却再也没有蛆虫来把它们清理得干干净净。）

最后一幕：阿曼达正拿着一根棒针在燧石一般坚硬的土壤上用力戳洞。克里斯从屋子里走了出来。他手里拿着一个杯子，里面装着他们最后一丁点脱咖啡因速溶咖啡。"至少我们彼此相伴。"阿曼达说。

或者我应该让克里斯大喊："该死的虫子，在我们最需要你们的时候，你们上哪儿去了？"

* * *

或许应当由阿曼达来喊出这句话。那会出人意料，兴许还能体现出她的角色得到了发展。

既然到了这一步——既然有了这声宣泄情绪、表露心声，而且不知何故让人振奋的呐喊——也许花园的角落将会出现一只还在蠕动的小虫，正在跟自己交配。这听起来似乎有了一线凄凉的希望。我向来喜欢这样收尾。

2. 海绵之死

在这部小说里，佛罗里达州海岸附近的礁石上有一块海绵开始以极快的速度生长。没过多久，它就蔓延到了海岸，并向内陆渗透，沿途吞噬了一片片海滩公寓和封闭式豪宅区。没有什么能够阻止它的进犯。

它对路障、国家警察不屑一顾，甚至连炸弹都不放在眼里。野蛮生长的海绵是一个可怕的敌人。它没有中枢神经系统，不像我们。

*　*　*

"它不像我们。"克里斯在他家的公寓楼顶上说，他刚刚带着望远镜到这儿来侦察情况。阿曼达害怕得紧紧依偎着他。多可惜啊——他们才刚买下这套公寓，第一章的时候他们有干柴烈火的性爱，再瞧瞧现在。所有的装潢都要打水漂了。

"我们可以向它撒盐吗？"阿曼达面带楚楚动人的迟疑神色，开口问道。

"亲爱的，那又不是鼻涕虫。"克里斯霸道地说。

该让这句话成为他的遗言吗？是不是该让海绵柔

软却致命的黏胶埋了他？还是应该让他战胜这个怪物般的浴室用品，拯救佛罗里达，拯救美国，并最终拯救全人类？我个人倾向于后者。

不过，在我弄清这个问题的答案之前，在我发自肺腑地相信人类精神拥有足够的实力去以意识对抗无意识，对抗这团充满恶意的纤维素之前——因为作为一个忠于内心事实的作家，你不能凭空捏造故事——也许还是不动笔为好。

3. 甲虫坠落

我仿佛在梦里听见了它。"甲虫坠落。"我常常获得这样的启示，来自未知世界的恩赐，它们总是不期而至。这次也一样。

这个词——如果它能算一个词——放在一本书

的护封上，可能相当引人注目。它会不会是"甲虫，坠落"两个词？或者"甲虫，暴跌"？也有可能是"甲虫，降落"，也许这个听起来文学性更强？

　　让我们换个角度思考。抛开标题！现在这是一部没有名字的小说。我立即从必须围绕甲虫做文章的任务中解脱。一开始构思这本书的时候，我清清楚楚地看到它们——世界上所有的甲虫都像旅鼠一样，被某种神秘的错误本能驱使着跳下悬崖——但这样一来，确实引出了一个问题，就是说，接下来该如何发展呢？

　　也许是我听错了。也许那句话是"酒瓶坠落"。也许轮到克里斯和阿曼达登场了，两人乘着克里斯的绿色大众汽车，被阿曼达醉醺醺的丈夫驾驶的黑色奔驰车逼出了公路，惊险地贴向悬崖边缘。克里斯和阿曼达在第一章里有干柴烈火的性爱，但到了第二章，阿曼达的丈夫开着奔驰车杀了过来，彼时缠绵过后的克里斯——他在他们居住的封闭式豪宅区担任见习园丁——正在给阿曼达讲解目前绿化带肆虐成灾的鞘翅目（红黑相间，颚是橙色的）虫害。

就在克里斯念出**肆虐**这个词的时候，阿曼达的丈夫从法式玻璃门外冲了进来，他醉得厉害，心怀杀意。克里斯一把抓住阿曼达的手，冲向自己的破车，一辆绿色的福特皮卡——我更改了大众汽车的设定，因为大众不够爷们儿。切回正题。（尽管阿曼达的尖叫声叫人分心，克里斯还是非常娴熟地操控着方向盘，最后关头他一个急转弯，而那位从头到尾都不得人心的丈夫——一个欺上瞒下的石油天然气公司高管、虐待狂加恋足癖——将会冲下悬崖。最后，克里斯和阿曼达将惊魂未定但如愿以偿地拥抱在一起，恰如我们希望看到的结局。）

但也可能不是"酒瓶坠落"。现在回想起来，那句话说不定是"野蛮清洗"[1]。

　　那又会将我们引向何方呢？实实在在的现实。可究竟是哪种野蛮清洗呢？选择太多了。过去的，现在的，以及，很不幸，那些尚未到来的。不管怎样，如果是"野蛮清洗"，那我想象不出故事该如何进展。克里斯和阿曼达非常讨人喜欢。他们的牙齿漂亮整齐，腰身纤细紧致，袜子一尘不染，心地善良无比。他们不属于那样的一本书，倘若两人不小心误入其中，他们将无法活着出来。

1　酒瓶坠落（Bottle Plunge）和野蛮清洗（Brutal Purge）的英文发音近似。

掌　管

1

长官，敌方的大炮把船炸了一个洞。洞在吃水线下面。水正在灌进货舱，长官。

别傻站在那儿，你这蠢蛋！剪块帆布，潜到水下去，把洞堵上！

长官，我不会游泳。

该死的，见鬼了，还没"断奶"你出什么海？没法子，我只能亲自出马。拿着我的外套。把火扑灭。把那些桅杆清走。

长官，我的腿被炸断了。

呃，那你尽力而为吧。

2

长官，敌方的反坦克导弹炸碎了我方坦克的左履带。

别傻坐在那儿，你这傻瓜！拿个扳手，爬到坦克下面去，修好它！

长官，我是个炮手，不是技师。反正这是行不通的。

该死的，他们到底为啥派一个你这么没用的蠢货给我？没法子，我只能亲自出马。用你的机枪掩护我。拿着手榴弹待命。把扳手递给我。

长官，我的手臂被烧掉了。

呃，那你尽力而为吧。

3

长官，敌方的邪恶蠕虫病毒感染了我方的导弹指挥系统。它正在像啃糖果一样啃噬软件。

别傻瘫在那儿，你这呆瓜！启用防火墙，或者随便什么你能用上的工具。

长官，我是个显示屏，不是疑难解答程序。

烂死了，那帮家伙以为我们在这儿运行什么，一家美容院吗？要是你办不到，那办得到的痘脸呆子极客在哪儿？

长官，就是他写的病毒程序。他不跟人合作，长官。导弹已经发射，正径直朝我们飞来。

没法子，我只能亲自出马。把那个大锤子递给我。

长官，我们还有60秒的时间。

呃，那你尽力而为吧。

4

长官，马科林蛋白功能失调，触发了牛鞭警笛，抑制了球形普拉普托犬的行动！可能是敌方纳米培根搞的鬼。

别光在那儿瞎晃荡，你这克隆机！拆掉磁控管，重启问题扭曲器，插入带坏点附件的高速钢叶片！这样就能验证那些讨厌的小生物机器人了！

长官，磁控管不属于我的专业领域。

是哪个像素智能把你调过来的？没法子，我只能亲自出马。把哑光吸音石膏递给我！

长官，我的大脑被劫持了。它被装在乌兹别克斯坦的一个罐子里，由一个虚拟蛋形娃娃战士方阵看守。我是在通过模拟全息图对你说话。

呃，那你尽力而为吧。

5

长官，有一群野狗挖洞钻进了食品储藏室，它们正在吃过冬的物资。

别光蹲在那儿，你这懒鬼！拿起你的石斧，砍爆它们的头！

长官，它们不是普通的野狗。它们是发怒的祖先派来的红眼魔灵犬。总之，我的石斧被诅咒了。

看在我妈白骨的分上，我造了什么孽，摊上了你这么个废物鸭屎兄弟家的外甥儿子？没法子，我只能亲自出马。快念杀死红眼魔灵犬的符咒，把我那把圣火淬炼的神圣长矛递给我。

长官，它们已经撕开了我的喉咙。

呃，那你尽力而为吧。

后殖民

我们这儿到处都有：圆顶建筑，建于维多利亚晚期，坚固的砖石结构，正面立着石狮子；砖房，三层结构，有的带浮雕细工，有的没有，浮雕是由木头或者刷漆的铁制作，如今这种房子上都挂着风雅的瓷釉或青铜牌匾，上面总是带有"历史"二字，除了礼拜一，大部分日子都可以入内参观；玫瑰，大朵大朵的玫瑰，属于之前这里没有的品种。在什么之前？在轮船靠岸之前，我们每个地方都有过轮船靠岸；在一群群戴着海狸帽、水手帽、高帽……总之就是戴帽子的人从船上下来之前；在原住民用箭射戴帽子的人或与他们结为朋友并给他们食物充饥之前，我们每个地方都有过原住民。不管原住民用没用箭，都未能阻挡戴帽子的人，或者说未能阻挡他们太久，他们还挂着旗子，我们这儿也都挂过旗子，那时候的旗子和我们现在的不大一样。原住民既没有帽子也没有旗子，或者说没有他们那样的帽子和旗子，所以有些事必须得干。有一些画作反映了当时发生的事，也许你会称之为事发前后的画作，由恰好在场的画家绘制，我们都有过画家。他们画下了身穿五颜六色的花衣裳、没有戴帽子的土著，画下了戴帽子的男人，还画下了戴帽子男人的妻儿——在他们拥有了妻儿，拥有了可以安置妻儿的三层楼砖房以后。他们画下了无所畏惧的珍禽异兽，那时候新奇的生物比比皆是。他们画下了风景，事发前后的风景，也不乏事发当中的景象，斧头正在挥舞，火焰正在燃烧，有些画你会在"历史"建筑里看到，有些可以在博物馆见到。

我们走进博物馆，在那里陷入深思。我们追忆过去的时光，回想那些无可挽回之事。我们想到那些土著，尽管手握弓箭，或者相反，尽管予人帮助，他们依然在我们手里饱受摧残。他们惨遭疾病的蹂躏——没人画过这个。他们还被追捕，被射杀，被棍棒打头，被强取豪夺，受尽这样那样的折磨。我们反思着这一切，心情无比沉重。**我们干出了那种事**，我们心想，**对他们**。我们用了**他们**这个词，自认为懂得它指代什么；也用了**我们**这个词，尽管那个时候我们尚未出生，我们的父母也尚未出生，尽管我们祖先的祖先可能来自完全不同的世界，那边的人戴着可笑的帽子，那边的旗子迥异于这边陆地上飘荡的旗帜——飘荡在风中，（我们也思索了）那给我们吹来了许多好运的厄运之风。如今我们吃得好穿得好，几乎昼夜灯火通明，有屋顶遮风挡雨，车辆川流不息。

至于**他们**，我们有些首府城市以他们的名字命名，我们的啤酒品牌也是如此，还有我们忽悠游客的部分（而非全部）项目。"正宗"一词被我们滥用。我们还着迷于连字符：一边是我们的词，另一边是他们的词，首尾相连。有时候他们会出现在我们的博物馆里，没戴帽子，身穿他们祖上流传下来的花衣裳，唱着正宗的民歌，扮演他们自己。这活是有报酬的。可是总会在某些时刻，也许是傍晚时分，当飞蛾显形，月光花绽放之后，我们的双手就会散发出血腥味。一丝若有若无的诡异气息。我们干出了那种事，对他们。

但在"我们现在是谁"这个问题之外，现在的我们是指谁？我们所有人都面临着这个问题。我们是谁？此时时刻，是谁身处"我们"这个畜栏、这圈栅栏、这座堡垒之中？而他们又是谁？那是他们吗，乘着不法的船只在夜幕中登陆？是他们吗，戴着稀奇古怪的帽子，打着我们做梦都想象不出的旗帜偷偷潜入这儿？我们是该对他们示好，还是该用箭射他们？他们打算干什么，近期计划是什么，远期计划又是什么，他们这些计划会对我们有利吗？这是一个持续存在的担忧，这个我们，这个他们。

这样，你将看到一个，也许两个单词：后殖民[1]。

1　英语中"后殖民"（post-colonial）由两个单词组成。

祖　屋

祖屋是我们保存祖先遗产的地方。它并不是为此而建造——曾经，它是真正的人类住所——但在里面生活起居很费劲，比如水得从井里汲，照明用煤油灯和牛油蜡烛，取暖靠石砌的壁炉，还要倒夜壶，给马口铁澡盆灌水。除此之外，要保持房间的清洁也相当困难。因此，人们建造了更新式的房屋，配备了排水管道之类。然而祖屋并没有被拆除，当我们决定保存点遗产的时候，大家一致认为祖屋是存放这类东西的好地方。

不用说，我们把它装饰得焕然一新：重新刷漆，给黄铜抛光，给地板打蜡。然后雇用女性做导游，带人参观祖屋；女人擅长微笑和讲解，也习惯于点头哈腰。在我们中间有一种公认的看法：如果男人做多了这样的事，他们的脸皮就会裂开，一片片剥落，最后整张脸只剩皮下的软骨头。

去祖屋参观的也大都是女性。她们去寻求能在那里找到的解释——在祖先生活的年代，为什么有的椅子比其他椅子高，谁负责刷洗马口铁澡盆和倒夜壶，如何从井里取水。她们想知道各种事情如何演变成今天的样子，并寄望祖屋里那些笑容满面的女人给出的解释能帮她们解答疑惑。

男性不大关心这些问题，所以他们不去祖屋。他们还说，祖先的遗产应当是指从祖上传下来的东西，类似于父亲传给儿子的基业；可由于再也没有人从事所谓的祖传之业，甚至除了在祖屋看人点头微笑、听人做无聊得要命的讲解时，平常压根儿就没人会想起这个，所以祖传之屋这种叫法本身就不对。他们搞不懂为什么自己要交税去维持这种廉价娱乐场所的运营。

随着时间的流逝，祖屋渐渐被填满了。它是个存放旧物的好地方，尤其便于贮藏你不再使用却又不想扔掉的东西。越来越多的遗产塞了进去。一座仿照老宅建筑风格的副屋建了起来，里面设有茶室。你可以进去歇歇脚，喘口气——遗产会耗尽人的气力——受雇的女导游越来越多，有人开始研究给她们穿的正宗传统服饰。然后政权更迭，财政开支受到削减。有人说，也许应当处理掉一部分遗产。但事到如今，祖屋里堆积的遗产太多了，光是整理它们就得花一大笔钱，没人愿意花那么多钱，所以最后也就不了了之了。

前几周，我亲自去了一趟祖屋。它已经破败了。所有窗户都蒙着厚厚一层灰，门前的台阶上一片狼藉：显而易见，这里已经很多年都没有人来刷洗或修缮过了。我按下了生锈的门铃，许久都没人应门。最后门终于开了。我看到一条长长的走廊，里面堆满了纸箱和板条箱，从地板一直垒到天花板。每个箱子上都贴着标签：**束身胸衣、搅拌器、拇指夹**[1]**、计算器、皮面具、地毯清扫器、贞操带、鞋刷、手铐、橙色木签、杂物**。

一个老妇人从门后走了出来。她身披一件雪尼尔浴袍。只见她把一沓发黄的报纸推到一边，闪身让我进去。房子里弥漫着一股难闻的味道——老鼠屎的气味混着霉味。

她冲我点了点头，面露微笑。她还没有丢掉自己的看家本领。然后她便开始了滔滔不绝的讲解；但她说的语言已经过时了，我一个字都听不明白。

1　旧时一种刑具。

请让妈妈回家：一次乞灵

-

请让妈妈回家，

烤面包的妈妈，围着清爽的格纹布围裙

和我们在家政课上

给她缝的围裙一样

打算在母亲节

作为惊喜送给她——

妈妈啊，她没有工作

她要工作干什么？

她给我们准备带去学校的午餐——

金枪鱼三明治和苹果，

还有蜡纸包着的燕麦饼干——

用她存在罐子里的橡皮筋扎起来；

每次我们回到家，她都在那儿

熨这个熨那个

或者干其他差不多无聊的活，

当我们溜过她身边奔向电话时

看她从无法脱身的家务活中，

扯出一个淡淡的虚弱笑容，

我们满心恼火和轻蔑

并发誓绝不像她那样活。

请让妈妈回家。

她曾梦想当个钢琴演奏家

却从不曾有过机会

她强迫我们去上钢琴课，

我们都恨死啦——

妈妈啊，我们曾大快朵颐

她做的肉冻圈，还有果冻沙拉，

虽然后来又瞧不上它——

炖肉的妈妈，是个洋葱专家，

尽管面对大蒜会慌张失措，

每年圣诞节我们都会

送她一口新煎锅——

除此之外她别无所求——

妈妈啊，涂着浓艳的口红

在黑白广告里绽放笑容

香皂广告、阿司匹林广告、卫生纸广告，

妈妈啊，有她的秘密生活——

头痛和脏污的洗刷活

还有发炎的黏膜——

妈妈啊，她了解污垢，

藏起污垢，还干脏活

却从不曾有一刻觉得自己

或者我们够干净喽——

她还相信

有其他的脏东西

不宜讲给儿童听，

丁是她守口如瓶，

个中危险只会在日后显现。

*   *   *

我们想念你，妈妈，

虽然在书籍杂志里

唾骂你会引起万千共鸣

骂你毁了你的孩子们

——也就是我们——

因为你不够爱他们，

因为你太溺爱他们，

因为你要求他们回报的爱太多，

因为你的爱大错特错——

（妈妈啊，她丈夫离开她

给了赡养费，跟秘书跑啦，

妈妈啊，那些寂寞的午后，

她对着电视机，独自喝闷酒

她染了一头荒唐的

红头发，出入派对

和朋友的丈夫勾勾搭搭，

她用尽全力挣扎

不让自己沉沦到

坚强与绝望的界线之下——

后来她被车拉走

关起来了，因为有一天

她忽然尖叫不止，还抓着

厨房剪刀做了些

很坏的事——

可那不是你，不是你，不是

我们心目中的妈妈，而是

大街上的一个疯妇

这故事讲的只是一位女士

被一连串看不见的事故

毁了一生，

然后落入耸人听闻的套路……）

回来吧，回来吧，噢，妈妈，

从癫狂或死亡

或我们损毁的记忆中复生——

恢复你原来的面目：

华夫饼机的皇后，

慷慨的牙膏分派员，

红药水的女巫，

烟雾缭绕的桥牌玩家

把二等奖的洗碗巾赢回家，

纸帐篷

织补蛋[1]的孵化人

孵出的除了袜子别无其他

擅煮坏粥的专家——

爬回蛋糕预拌粉的包装袋上，

看上去清爽干练，一如从前——

要是能呼唤你就好啦——

来这儿，妈妈，来这儿，妈妈——

你就会蹬着你日间穿的古巴中跟鞋

噔噔噔噔地来到我们身边，

带来水槽和丁香花的气味，

（你的屁股裹在紧身胸衣里

夜晚剥下它时你会吁一口气

仿佛一声沼泽地的叹息），

你说，又怎么了，

然后我们便能用一张网

1　用于缝补织物破洞的工具，通常是一个圆形的木头或塑料片，以支撑洞周围的布料。

把你俘虏，把你关进

你的小牢屋，你的归属，

把你永远留住——

然后一切都会好转

回到那些春日夜晚

我们可以一直玩到太阳下山

然后安然睡去

因为你挺身在前，用身体

挡住了恐惧——

你会在那里，套着棉质家居服，

用牙齿咬着

一个木头夹子，而洗好的衣物

在晾衣绳上随风摇摆，而那根绳子

曾有一刻你想过用它吊死自己——

不过忘了它吧！你会在那里

哼起一首你年轻时的歌曲

仿佛时间从未逝去，

我们又能无忧无虑，

如从前般把你视为耻辱，

把你当作空气。

然后这世界上的空洞都将得到填补。

第三部

Part 3

霍拉旭[1]的版本

汝且慢去极乐天堂，忍住痛苦，留一口气在这残酷人间把我的故事讲述……

这是哈姆雷特对我说的最后一句话。没错，差不多是最后的遗言。当时我还不知道这并不是一个请求，而是命令——事实上，是一句狡猾又拐弯抹角的诅咒。所以我注定苟活于世，直到真正讲出这个故事为止。这就是为何就在今天，就在这张报纸上，你正

1　Horatio，莎士比亚名作《哈姆雷特》中的人物，主角哈姆雷特王子的好友，是哈姆雷特悲剧的见证者，也是剧情发展的一个推动者。

在阅读我亲手写下的文字。

是的，我就是霍拉旭——朋友、知己、倾听者、永恒的旁观者，见证了那位嗜血的大人物卷入的每一场狂欢与溃败。我不得不说，在埃尔西诺[1]的那场风云中，我作为配角已尽了最大的努力。我倾听哈姆雷特有时近乎疯言疯语的自白；我与之同仇敌忾；我提供了我希望是明智的建议。到最后我还是脱不了身，不得不收拾一个不算小的残局。

与其说收拾，不如说是做个总结。我理应如实记录下全部事实，只是相对会偏重哈姆雷特一些，给他打上每个主角都会沐浴到的高光。我希望能从这些事件里挖掘出某种诗意，想必会是黑暗的诗意。或许我也可以加入一些有关人类境况的哲思。我还期待为整个故事想出一个令人信服的结局。

可究竟发生了怎样的故事呢？一目了然，一个复仇的故事。有人犯了错，或者说错误看似已经铸成。

---

1 Elsinore，又称赫尔辛格，丹麦西兰岛东北岸的海港城市，是《哈姆雷特》故事的发生地。

我记得哈姆雷特说过："噢，可恶的造化弄人，我竟是为了纠正它而生。"或是类似的言论。但悲观迟疑的心态加上冲动鲁莽的行为，导致他最后滥杀了太多不该杀的人。即便用当时定得相当随意的荣誉准则去衡量，他们也罪不至死。

这是常有的事，正如我在自己太过漫长的一生中所做的观察。哈特菲尔德家族和麦考伊家族[1]斗得你死我活，冤冤相报，到最后两败俱伤。国家也一样。在各种大大小小的复仇事件中，我总是煞费苦心地站在火线上，规劝他们："不能用一个错误去纠正另一个错误。"可几乎没人听我的话。以眼还眼是他们的信条。以头颅还头颅，子弹还子弹，一城还一城。我发现，人类痴迷于记分，而且由于求胜心切，他们永远都想胜过其他人一筹。

1　哈特菲尔德家族（The Hatfields）和麦考伊家族（The McCoys）指的是1863年至1891年，居住在西弗吉尼亚州和肯塔基州边界的两个冲突械斗的敌对家族。哈特菲尔德–麦考伊夙怨已经成为美国的民俗学词汇，是指代党派群体之间长期积怨的符号，暗喻过度讲求家族荣誉、正义与复仇会带来的危险后果。

不好意思。不是胜过。是多过。

一开始非常顺利。我找到一张崭新的羊皮纸，磨了些墨。**很久以前，有一位本性善良但痛苦不堪的王子，名叫哈姆雷特**，我写道。可是听起来感觉不大对。接着我想到了也许可以把它写成一出戏剧。**埃尔西诺，城堡前的平台**，我写道。然后我的灵感枯竭了。

麻烦在于，我开始思考这个故事背后的故事，不是克劳狄斯谋杀了老哈姆雷特，而是老哈姆雷特谋杀了另一个名叫福丁布拉斯的国王。呃，准确地说，不是谋杀，而是在一对一的决斗中杀死了他，从而将福丁布拉斯的一大片领土据为己有。而小哈姆雷特机关算尽的结果是，他本人死于非命，福丁布拉斯二世得到了一切——不只是他父亲的失地，还有哈姆雷特的全部领地。

所以，若要说它是复仇的故事，那也是挺古怪的一次复仇。唯一从中获益的人是没有直接参与的第三者。我发现这种事也不少见。也许哈姆雷特的传奇并非一出复仇者的悲剧，而是有关潜意识的负罪感——哈姆雷特意识到自己的家族对福丁布拉斯一族犯下了肮脏的罪行，于是大义灭亲，以一场壮烈的自我毁灭断送了自己的继承权。

就在我咬着羽毛笔踌躇不前的时候，几十年过去了。然后有个英国剧作家不知打哪儿冒了出来，把那段恩怨情仇完完整整地戏剧化了。我很恼火——事发的时候他甚至都没有出生，还添油加醋地塞进去一堆他不可能了解的内容。如果他来请教我，我也许会指正他一下；可他不仅没有，还抢在我前头发表了他的剧本。他不仅剽窃我的素材，盗用我的声音，还利用一个和他毫无关系的人间悲剧为自己牟利。

不管怎么说，他的剧本太长了。

我自己的写作障碍比以往任何时候都要严重。哈姆雷特众所周知的拖延症已经传染给了我。我开始提出一些难以回答的问题。**为什么是我？为什么我非得写哈姆雷特的故事不可？为什么不写写我自己的故事呢？**但说实话，我自己的故事没什么可写的。仔细想想，哈姆雷特的故事又有什么可写的呢？眼下我们已经进入了17世纪，奥利弗·克伦威尔专权恣肆，查理一世掉了脑袋，成千上万的士兵和平民惨遭屠戮，死状触目惊心，肠子一圈圈从肚子里流出来，头颅高高悬挂在木桩子上。这样的场面我在近处见得多了，所以相比之下，丹麦宫廷里横着的几具被砍死、溺死、毒死的尸体已经算不上多恐怖了。

反正我不再想讲哈姆雷特的故事了。我想讲一些更——那个词怎么说来着？人类，非人类？我想讲某种更宏大的主题。然而统计数字会在时过境迁之后变得苍白。死尸一旦超过一百具，我们的大脑程式就无法记录在案。堆积成山的尸体只能作为一种景物特写而存在。

所以我又回到了个体的故事中。我可以告诉你，我去过所有地方。法国大革命、恐怖时代[1]、奴隶贸易、

---

1 The Reign of Terror，恐怖统治时代（1793—1794），简称为恐怖时代，指法国大革命开始后的一段暴力时期，由敌对的政治派别吉伦丁派和雅各宾派之间的冲突煽起，以大规模处决"革命之敌"为特征。

西班牙战争，澳大利亚、古巴、墨西哥、俄罗斯、越南、柬埔寨、北美、非洲、中东——只要你叫得出名字，我都在现场。有时候我是倒卖物资的贩子，有时候我跑来跑去给人送信，有时候我是中立的旁观者，有时候我又给人提供援助；最近一段时间我一直在给报社工作。我曾与饥民、战争遗孤、大屠杀幸存者、强奸受害人以及犯下这一切罪行的罪魁祸首交谈——形形色色的人，清白无辜的人，双手染血的人。

你听说过非正义事件的采集吗？这就是我所成为的角色——非正义事件的采集者。类似于收税员，只不过当你采集到了非正义事件之后，除了尽最大的努力把它们传播出去，你什么也做不了；哪怕只是讲述这类故事就有可能激起人们的愤怒，继而引发更多的非正义行为，这种风险总是在所难免。尽管如此，经过四个世纪的沉淀，我觉得我已经准备好发声了。道出一切真相，此时此刻，就在此地。终于，我要开口了。

所以你们会听到淫乱、血腥、违背伦常的行为；冥冥之中的裁决，计划之外的杀戮；阴谋诡计和非自然因素导致的死亡；以及算来算去反算计了自己的结果。

这一切我都能如实讲述。

流亡的圆木王[1]

被青蛙们废黜以后，圆木王沮丧地躺在池塘不远处的一片蕨类植物和枯树叶中间。它的体力只够它滚这么远：它当了太久的池塘之王，以致身体严重积水。它听到远处青蛙欢天喜地地呱呱大叫，鸟儿兴高采烈地啁啁啾啾，意味着它那声名显赫的继任者——身经百战、雷厉风行的鹳王——加冕了；过了一会

1　圆木王为《伊索寓言》中一则故事《想要国王的蛙》（*The Frogs Who Desired a King*）中的角色。故事中，青蛙们请求众神之王宙斯派给它们一个国王，于是宙斯给了它们一根圆木。不久，青蛙们嫌弃圆木王过于安静迟钝，于是向宙斯请求第二个国王，这次宙斯派给它们一只鹳，鹳到了蛙群中开始大口吞食蛙。

儿——似乎仅仅过了片刻——便转为此起彼伏的可怕尖叫声，混杂着一阵阵慌乱的落水声，因为鹳王开始用鱼叉刺它的新臣民，然后把它们吞进肚子里。

圆木王——退位的圆木王——叹了口气。嘎吱一声，一如被踩在脚下的湿木头发出的叹息声。它干了什么坏事吗？没有。它并没有杀害过它的臣民，不像鹳王现在的所作所为。诚然，它也没有做过什么好事。它所做的无非是——一言以蔽之——无为而治。

但是不可否认，它的无所作为是向善的。当它随着池塘里缓慢的水波放任自流时，小蝌蚪藏身在它的躯干下，啃食它身上生长的水藻，成年的青蛙则趴在它的背上晒太阳。那么，它何以遭到如此卑鄙的驱逐呢？不言而喻，是境外势力策划的一场政变；尽管青蛙当中的某几个派别——在外部煽动者的挑唆下——已经谴责它好长一段时间了。它们声称需要一位强有力的领导者。行吧，这下它们求仁得仁了。

当然，还有那个不值一提的小贸易协定。它是被迫签署的，虽然没人拿枪指着它的脑袋，或是它身上可以称之为脑袋的部位。难道这协定没有给池塘带来任何好处吗？出口贸易急剧增长，主要商品是青蛙腿。可是它本人从未直接参与其中。它只是一个推动者。保险起见，它把自己的利润分成都藏在了一个瑞士银行账户里。

此刻，青蛙们把鹳王的倒行逆施都怪罪到它头上。要是圆木王能成为一个更贤明的君主，它们吼道——要不是它放任腐败滋长——这一切都不会发生。

它知道它不能在池塘附近停留太久。它绝不能向乱世屈服。它的身上已经长出了一片片尘菌；而在它的树皮之下，蛴螬正在蠕动。它拖着沉重的身躯滚过树林。两栖动物痛苦的嘶叫声在它身后渐渐远去。它们活该，它心想，感觉既悲哀又有一丝苦涩。

圆木王退隐到了阿尔卑斯山里的一座别墅安度晚年。在那儿，它身上长出了一茬茬的香菇；它正在撰写它的回忆录，一次只写一个字。圆木们写字很慢，而圆木王更是慢上加慢。它聘请了一位冥想大师，大师鼓励它把自己想象成一支大铅笔，但它顶多也只能当一块橡皮擦。

它怀念过去的时光。它怀念微风中荡漾的水面，芦苇丛沙沙作响。它怀念青蛙在粉红色的暮光中齐声赞美它的合唱。如今再也没有谁给它唱歌了。

与此同时，鹳王已经吃光了所有青蛙，并把小蝌蚪卖做性奴。现在它正在抽干池塘里的水。用不了多久，那里就会变成人人向往的住宅区了。

更　快

步行不够快，于是我们奔跑；奔跑不够快，于是我们骑马；骑马不够快，于是我们航行；航行不够快，于是我们沿着长长的金属轨道快活地滚动起来；长长的金属轨道不够快，于是我们开车；开车还不够快，于是我们飞行。

飞行不够快，对我们来说依然不够快。我们想要更快抵达那里。哪里？我们不在场的任何地方。可是老话常讲，人类的灵魂只能跟得上一个人行走的速度。既然如此，灵魂都去哪儿了呢？被抛在身后了。

他们慢慢悠悠，四处徘徊，一团团幽暗的光在黑夜的沼泽地里闪烁，寻觅着我们。可他们的速度远远不够，远非我们的对手，我们领先他们太多了，他们永远追不上来。正因如此，我们才能走得如此轻快：我们没有背负灵魂的重量。

吃　鸟

　　我们吃了小鸟。我们把它们吃掉了。我们想让它们的歌声涌上我们的喉咙，从我们的嘴里迸发，所以我们吃了它们。我们想让它们的羽毛从我们的肉体上萌发。我们想要它们的翅膀，我们想像它们一样展翅高飞，在树梢和云层之间自由翱翔，所以我们吃了它们。我们用长矛刺它们，用棍棒打它们，用黏胶粘住它们的脚，用网兜住它们，用烤肉扦子穿过它们，把它们扔到烧红的炭上，这一切都是出于爱，因为我们爱它们。我们渴望与它们融为一体。我们曾妄想像它们一样，从洁净、光滑、漂亮的蛋里破壳而出。那个时候我们青春年少，行动敏捷，对因果一无所知。我们想摆脱出生的狼藉，所以把小鸟连羽毛一起吞进肚子里，但无济于事。我们依然无法高歌，无法像小鸟那般无拘无束地歌唱；离开了金属和烟雾，我们就飞不起来；至于蛋，我们更是没有任何指望。我们为重力所困，被束缚在土地上。我们的脚踝深陷于血泊，都是因为我们吃了小鸟，很久以前我们就吃掉了它们，在我们仍有权利说"不"的时候。

有事发生

有件事情发生了。可它是如何发生的？是一夜之间突如其来，还是潜移默化地发生了很久，只是我们才刚刚注意到而已？出事的是那些姑娘，年轻貌美的姑娘。她们曾经像海妖塞壬一样歌唱，像美人鱼一样歌唱，唱着甜美动人，如流水、如和风的旋律，还有波浪般的旋律。然而现在她们的旋律被剪掉了，尽管她们的嘴仍然像从前那样一开一合。是她们的舌头被人割了吗？

有同样遭遇的还有婴儿的啼哭声，葬礼上的恸哭声，以及过去常常在黑夜中响起的尖叫声——发自疯子，发自受酷刑折磨的人。鸟儿也是像平常一样在天上飞，像平常一样舒展羽毛，仰着头，张着喙，却一声不发。它们哑了吗，还是被谁消音啦？是谁动了手脚，用一大块无形的雪把声音蒙上啦？

听，树叶不再沙沙作响，风不再簌簌叹息，我们的心脏不再咚咚跳动。万物陷入静默。陷落，仿佛陷入泥土。还是说我们自己陷下去了？也许并非世界失去了声音，而是我们聋了。是怎样的膜封住了我们，把我们曾经随之起舞的音乐隔绝在外？为什么我们听不到了？

夜　莺

人们死去，然后在夜深人静时归来。等你到了我这个年纪，这样的事会发生得更频繁。在梦里，你知道他们已经死了；有意思的是，他们自己也知道。地点通常是一艘船或一片森林，其次是一个小木屋或一座偏僻的农舍，还有一种更少见的情况：一个房间。如果是房间，房间里通常有一扇窗户；如果有窗户，肯定也有窗帘——白色的窗帘，或是厚重的帷幔，同样是白色的。绝不会是百叶窗，他们不喜欢那样的光线——透过叶片缝隙斜射进来的日光或夜光。那会让他们闪烁得比平常更厉害。

有时候来的是朋友，他们想让你知道他们一切都好。那类人可能会留下只言片语，没什么惊天动地的发言。就像你关掉电视机时的荧光屏，其中一个人说，只是断了音信而已。另一个人——背景是一次林间散步，时间是秋天，树叶橙黄，空气干爽——说，这很美，不是吗？

还有的人一言不发。他们可能面带微笑，也可能不笑；一旦发现你看到了他们，他们可能就会转身离开。他们希望你看到他们：就是这么回事。他们想让你意识到他们还在你身边，他们不能被人遗忘，不能被抛诸脑后。

一天夜里，普洛克涅[1]出现了。她是从窗户进来的，如她一贯所为。我当即就后悔我没吃安眠药，不

---

1 希腊神话中的雅典公主。普洛克涅的妹妹菲罗墨拉被姐夫蒂留斯强奸，蒂留斯割掉妻子普洛克涅的舌头以防她说出实情。为报复丈夫，普洛克涅将亲生儿子泰勒斯的肉送给丈夫吃。众神为了保护姐妹，最终将普洛克涅变成了燕子，将菲罗墨拉变成了夜莺，将泰勒斯变成了戴胜鸟。本篇中，普洛克涅已是燕子形态，叙述者"我"是普洛克涅的妹妹菲罗墨拉。

然就可以把她关在外面了。但你不可能每时每刻都吃药，而且她在守着我。她一直在等待我意识消失的那一刻。

你不该让他把我锁在那间小屋里，她说。

这次的场所是一个房间；前文所述的是窗户上挂着白色窗帘。这事我们早就讨论过了，我回道。你并没有被锁起来。你可以把门打开的。总之，我也不清楚。

你一清二楚，她说，你的意识把这件事压制下去了，但你肯定是知道的。

我知道你是他的原配妻子，我说，每个人都知道。可是据他所说，你已经死了。

他就希望你这么想，她说，也许我早就已经死了，但我并没有。与此同时，你也准备要取代我的位置了。

我是被迫的，我说，我必须嫁给他。他强暴了我。我还能怎么办？别告诉我你是嫉妒我。

嫉妒？她像乌鸦一样呱呱叫了起来。一刻也没有！我明白他的卑鄙手段，他绝不会放过我。相信我，但愿你也能识破他的真面目。我只希望他没有割掉我的舌头。

你撒谎，我说，他从未做过那种事。是你自己决定不开口的，仅此而已。舌头那段情节是对一幅神庙壁画的误读，现在人们都这么说。那东西不是舌头，而是女祭司用的月桂叶，以便进入幻觉，做出预言，还有——

打住你的考古学，普洛克涅说，他割掉了我的舌头，事实如此。他知道我会把那些丑事抖落出去。

就算真是他割掉了你的舌头，我说，也许他有他的苦衷。我很抱歉，我不是那个意思。我不是在为他的行为开脱。那么做不对。我们谁都不是无可指摘，如今我也很后悔。我们俩年轻的时候一贯合不来，但你永远都是我姐姐，我爱你。所以他才要对我瞒着你的事。

我知道你不会为他开脱。我是指，他的行为。所以我才给你送了个信——让你知道我根本就没死。普洛克涅成了一个奴隶，信里只有一句。我没有写上，放我自由，我不愿以任何方式牵连到你。我不想让你为我冒任何风险。

那你为什么要给我送信？

我不想让你重蹈我的覆辙，仅此而已。

什么覆辙？

作为回答，她举起了她的双手。它们湿漉漉的，闪闪发亮。我们的儿子，她说，我没能控制住自己。

窗户底部开了一条缝，一阵微风拂过，窗帘飘了起来。空气里带着苹果花的气息。我希望你能放过我，我说。事情都过去了，过去很久了。如今你已经死了，他也已不在人世，而我什么也做不了。现在这一切都只是个故事，而我太老了，听不得这些了。

你永远都不会太老，普洛克涅说。她的声音听上去无比悲伤。然后她开始变成一只鸟，就像往常一样，我低头向下看去，发现同样的变化也发生在我身上。就在这时，我想起了我们在奔跑，逃离他的身边，于是我明白在梦里我也死去了。因为在故事的最后，我们俩都遭了他的毒手。

　　然后普洛克涅从窗户飞了出去，我也一样。那是一个夜晚，有一片森林，一轮月亮。我们降落在一根树枝上。就在此时此刻，在这个梦里，我开始高歌。一曲百转千回、久久不息的歌，直入云霄的安魂曲，故事里的故事里的故事。

　　也许这声音是她的？不好说。

　　悲伤，站在我们树下的一个人说道。

军　阀

　　成为军阀——这是全世界男孩的梦想。手指一点，说声"砰"，成千上万人灰飞烟灭。这些神枪手长大以后大多会成为牙医。可如果你出生在军阀的统治之下，你的出路只有三条：要么成为一名战士，为军阀服役至死；要么推翻军阀，自己取而代之；要么就当一个依据定义不能成为战士的角色——女人、牧师、独腿的裁缝。但你会被禁锢在军阀领地的边缘地区，有时候那儿感觉像一圈保护墙，有时候又像一座地牢。在那里，你可以过上（那里的）人们公认的正常生活，只要你高举军阀的旗帜，给军阀纳税，贿赂军阀的走狗，对军阀的亲族卑躬屈膝，并杜绝对军阀本人的一切负面评论。因为众所周知，军阀生性多疑，很容易动怒。

军阀坐镇于他本人的权力中心，固守一隅，但拥有力量。有佞人将食物喂到他嘴边，将好消息传到他耳边，有驯鸟师为他操控宠物秃鹰，有红宝石计数员为他数红宝石，还有美丽的少女舔他的脚趾。战士们里一圈外一圈把他围在中心。最外围的勇士冒的危险最大。这一圈人是重装上阵，看上去活像多刃的折叠刀，带开瓶器、指甲锉和锥子的那种。在危险面前，他们首当其冲，被其他军阀铿铿进犯的巨大车轮碾成齑粉。第二层包围圈是又湿又滑的防御工事、迷宫般的回廊、布满尖桩的战壕，以及由落石和滚烫煤块组成的陷阱，杀伤力很强，但很快就会失效。镇守在这一圈的战士只服从一个命令：**守住大门！**

内圈由来自世界各地、百里挑一的精兵强将组成。他们是雇佣兵，因为志愿兵靠不住。他们是保镖，保护军阀的人身安全。他们理应用自己的生命来守护雇主，他们不应该活着讲述军阀的故事，有人却活了下来。他们的故事讲的是尽管他们尽了最大的努力，或者无论如何也算尽力的努力，军阀势力最终还是一败涂地。他的巢穴，他的树，他的高塔，他的城堡，他的城市，他的兵工厂，他的监狱，他的桌球室如何被付之一炬。侵略者的军队如何喝光了他的香槟，在他的浴缸里泡澡。他的姬妾如何在屋顶上被轮奸，他的妻子如何被肢解，他的子孙如何被刺瞎双眼，而围观群众欢呼雀跃，开始声称他们对那军阀从未有过任何爱戴之情。还有军阀本人，他是如何被活活烧焦，被刺穿，被炸飞，被斩首，被倒吊，被逼至倾家荡产。他的雕像如何被人推倒在地，被当作废品，或是俗气的纪念品贱卖。

在那之后，继续下去还有什么意义呢？作为全世界百里挑一的战士，前方没有未来。没有尊严。慌慌张张脱掉戎装，解下饰带纹章，爬出这个圈套；为了活命而逃亡，穿过潮湿阴暗的森林，翻越芒刺遍布的沙漠，爬上冰雪覆盖的山峦，留下一路血脚印。当你抵达中立国的领土，藏好了从军阀的府邸里洗劫来的金银财宝——哎，他留着也没什么用了，是吧？——当你终于有空到咖啡馆坐下来喝杯冷饮的时候，你要开始重新考虑你的职业。

可是你的职业已经不复存在。你再也无法重操旧业。一旦你为军阀打过仗，无论是哪路军阀，哪怕是军阀委员会，你都将永生难忘。你再也无法学习其他东西。没有什么能替代肾上腺素的刺激，也没有什么能取代地狱般恐怖但令人兴奋的噩梦。没有任何事——让我们面对现实——能像当军阀麾下的战士那样其乐无穷。就乐趣一词最广泛的含义而言，你懂的。

看那边。看到那个一身腱子肉、正在耙草坪的老家伙了吗？还有一个扫人行道的，一个拖垃圾的，看到了吗？他们全都是军阀手下的幸存者。他们身上烙印着肉眼看不见的文身。他们的目光深处有余烬在燃烧。他们在等待。他们随时准备接受召唤。

帐　篷

　　你在一顶帐篷里面。外面是寒冷的广袤天地，广袤无边，寒冷至极。一片遍布号叫的荒野。到处都是岩石、寒冰和沙子，以及深不见底的沼泽坑，会让你陷进去，消失得无影无踪。还有废墟，遍地断壁残垣；废墟内外散落着残破的乐器、旧浴缸、已灭绝的陆生哺乳动物的骸骨、没有脚去穿的鞋、汽车零件。荒野上荆棘丛生，古木嶙峋，狂风肆虐。不过你的帐篷里有一支小蜡烛。你可以靠它取暖。

　　在这片遍布号叫的荒野，有许多东西在号叫。无数的人在号叫。一部分人因为自己心爱之人死去或被杀而哀号，另一部分人则因为直接或间接害死仇敌的心爱之人而欢呼。有人号叫是为了求助，有人是为了复仇，还有人是因为嗜血。噪声震耳欲聋。

这声音同样令人恐惧。有些号叫声正在向你逼近，而你一声不响地蜷缩在你的帐篷里，盼望自己不要被发现。你为自己恐惧，但更让你担心的是你所爱的人。你想保护他们。你想把他们都聚集到你的帐篷里，以便保护他们。

问题是，你的帐篷是用纸糊的。纸挡不住任何东西。你明白自己必须在墙上写字，写在纸糊的墙上，也就是你的帐篷内面。你必须上下左右颠倒着写，你必须用文字覆盖纸上所有空白的地方。有一些文字得用来描述外面日日夜夜回荡在沙丘、冰块、废墟、白骨及其他物体之间的号叫；它们必须道出那些号叫的本质，但你难以办到，因为你看不到纸墙外面的世界，所以无法搞清其中的真相，你也不愿意走出去，走进荒野，亲眼看个究竟。还有些文字必须是关于你爱的人以及你迫切想要保护他们的心情，这同样难以下笔，因为并不是所有人都能听到你所听到的号叫声。他们有人认为外面的声音听起来就像一场野餐，就像一支大型乐队在演奏，就像一场热烈的沙滩派对。他们讨厌被关在如此逼仄的空间里，跟你和你的小蜡烛待在一起，还要忍受你的恐惧以及你惹人心烦的写字强迫症。你鬼迷心窍的书写对他们来说毫无意义，他们总是想从帐篷的纸墙下面钻出去。

这并没有让你停止写作。你写作，仿佛你的生命全系于此，不只是你的生命，还有他人的生命。你三言两语记录下他们的性情、特征、习惯和历史；当然，你改掉了他们的名字，因为你不愿意留下蛛丝马迹，为你的所爱招致不恰当的关注，在你的所爱之中——现在你开始发现——有些根本不是人类，而是城市和风景，城镇与湖泊，还有你曾经穿过的衣服、邻近的咖啡馆和走失多年的小狗。你不想吸引号叫者，但他们依然被你吸引，就像循着一种气味而来：纸帐篷的壁很薄很薄，他们看得到你蜡烛的微光、你身体的轮廓；自然而然他们就会好奇，因为你也许是他们的猎物，他们可以把你杀了，在你的尸首上方发出庆祝的呼号，然后以某种方式吃掉你。你太显眼了，你把自己变得引人注目，你已经暴露了自己的藏身之所。他们越来越近，向你围拢；一时间他们停止了号叫，开始窥探你，在你四周嗅来嗅去。

你凭什么以为你的书写——在一层薄纸做的洞窟里疯狂写字，在开始显得像是一座囚牢的纸壁上来来回回、上上下下乱画——能保护得了任何人？包括你自己在内。这是异想天开，你笃信你的涂鸦是一种盔甲，一个护身符，因为没有人比你更清楚你的帐篷究竟有多么脆弱。你已经听到了裹在皮革里的脚重重踏在地面的声音、抓挠的声音、推搡的声音、粗哑的喘息声。风刮了进来，你的蜡烛翻倒在地，火苗高高蹿起，点燃了一片松动的帐篷帘，扯开一道边缘焦黑的裂口。透过越来越大的裂口你看到了那些号叫者的眼睛，在你的纸罩子熊熊燃烧的火光映照下，它们又红又亮，可你依然写个不停，因为除此之外，你又能做什么呢？

时间折叠

时间折叠了，他说。意思是随着时间不断流逝，在极热或极冷的状态下时间会发生弯曲，而早已远去的往事会回到近旁。为了证明这一点，你可以将一条丝带打褶，然后穿进一个别针别住：二号点原本距离一号点有几码[1]远，现在到了它的旁边。时间或空间是否就像一台奏不出音乐的手风琴？莫非他是在阐明严肃物理学的知识？

1　1码约为0.9144米。

或许他是在说：到了最后，时间终于收起了它的翅膀。时间把它的帐篷折了起来，悄无声息地抄近道而去。时间把你折叠在它的褶皱里，仿佛你是一只小羊羔，而时间的缺口是一只狼。时间把你折叠进了自己的毯子里，它温柔地将你合上，裹住你，因为若没有它，你将在何处立足？时间把你揽进它的臂弯，给你最后一吻，然后把你展开拉平，折成几叠，塞在一旁，直到你成为某人的过去时，然后时间再度折叠。

树　婴

你记得这件事。不，它是你做的一个梦。你梦到窒息，梦到沉没，梦到空白。你从梦魇中醒来，梦魇已经成真。一切都不复存在。每一件事物，每一个人——父亲、母亲、兄弟、姐妹、表亲，桌子、椅子、玩具和床——都被席卷一空。什么都没有留下。空空如也，只剩被涂抹干净的海滩和一片寂静。

有一些残骸。在梦里，你没有看到它们。一堆摔得粉碎的年月，一叠支离破碎的故事。那些故事看上去像木头、水泥块和扭曲的金属。还有沙，很多很

155

多沙粒。为什么他们称之为时间的沙？昨天你还一无所知，但今天你懂了。你懂得太多了，以至于说不出口。能说什么呢？语言在你喉咙里化成了碎石瓦砾。

可是，瞧——那里有一个婴儿，停在树梢上，就像在别的梦里一样。在那些梦里，你可以离开地面，飞上天空，任世界在你身后轰轰隆隆土崩瓦解。一个婴儿，一条鲜活的生命，埋在一个绿色的摇篮里，可它毕竟得救了。它的名字却已遗失，连同它渺小单薄的过去一同归零。

他们会给它，给这婴儿起个怎样的新名字呢？这条小生命，从你的噩梦中逃脱，轻飘飘地落到一棵树上，此刻正以初生儿惯有的惊异神情环顾四周。既然时间再一次启动，既然能够开口说些什么，那就必须赋予这孩子一个词语，一条口令，一道空气做的护身符，以帮助它通过前方许多道坚固的大门以及暗影绰绰的门廊。它必须再次获得姓名。

＊　　＊　　＊

他们会不会叫它"灾难"，会不会叫它"飘来的残骸"，会不会叫它"悲伤"？他们会不会称它为"无家可归"，会不会称它为"孤苦伶仃"，会不会称它为"树上的孩子"？还是会叫它"惊奇"，或"然而"，或"小小的慈悲"？

他们会不会称它为"起源"？

尽管如此，但还是

我承认，世道看上去糟透了。看着比过去几年，过去几个世纪都要糟糕。似乎比有史以来的任何时候都要糟糕。危险从四面八方隐隐迫近。尽管如此，事情依然有可能化险为夷。孩子从八楼的阳台上跌落，但楼下有只牧羊犬一跃而起，在半空中接住了孩子。有位旁观者拍到了一张照片，照片登上了报纸。男孩第三次落水，不过母亲——尽管正在读小说——听到咕咚一声，于是奔到码头，把手伸进水里，抓住了男孩的头发，把他拽了上来，没有造成脑损伤。爆炸发生的时候，年轻人正在水槽下面修水管，所以没有受伤。雪崩中，女孩举起手臂做游泳动作，因而得以幸存。有位两岁三胞胎的父亲，癌细胞扩散到了他的所有器官，他看了很多喜剧电影，做了禅修，然后彻底痊愈，至今依然健在。安全气囊确实起作用了。支票没有被拒付。处方药公司没有说大话。鲨鱼轻轻碰了一下水手正在流血的光腿，然后转个身游走了。强奸犯强奸到一半时走了神，他的刀子和阴茎一齐缩了回去，犹如蜗牛纤细柔软的角，于是他改了主意，出去喝了杯咖啡。士兵把一本达尔文的《物种起源》塞在胸口，为他挡住了迎面而来的机关枪子弹。当他说**"亲爱的，你是我此生唯一的挚爱"**，他是发自真心的；而她呢，尽管皱着眉头，冷脸以对，任由电话响个不停，但其实她一直都爱着他。

在一年中这个日光暗淡的时节，我们渴望倾听这样的传说。冬日传说，指的正是它们。我们想簇拥在它们周围，就像围着一团噼里啪啦烧得正旺的小火堆。太阳在四点钟时沉下地平线，气温跌入冰点，狂风呼啸，大雪纷飞。虽然手指都快冻掉了，但你还是及时种下了郁金香。再过四个月它们就会发芽，对此你深信不疑，然后它们就会开出和目录图片里一模一样的花。褐色的泥土中已经有数百个嫩绿的小芽破土而出。你并不知道它们是什么——某种小球茎——但它们正准备长大，不顾一切地长大。如果它们出现在一个故事里，你会如何称呼它们？它们会成为大团圆的结局，还是大团圆的开端？但它们并不存在于故事里，你也不在。无论如何，你把它们埋回了护根和枯叶下面。在一年中最黑暗的一天，这么做是正确的选择。

致　谢

本作品集所收录篇目的过往出版情况如下：

《我们的猫咪进了天堂》发表于杂志《砖》（*Brick*）；《军阀》和《嗓音》发表于杂志《海象》（*The Walrus*）；《掌管》《流亡的圆木王》《莎乐美是个舞女》和《后殖民》发表于杂志《代达罗斯》（*Daedalus*）；《人生故事》和《伊卡利亚人的资源》发表于《短篇小说》（*Short Story*）；《小鸡仔越过界》和《帐篷》发表于《哈泼斯杂志》（*Harper's Magazine*）。

另外，《瓶子》《半神不易当》《夜莺》的一个早期版本曾出现在为助力港畔读书会（Harbourfront Reading Series）而发行的限定版小册子中。这三篇与《掌管》《流亡的圆木王》《袋狼炖菜》《后殖民》《更快》《瓶子II》还曾发表于一本为威尔士的海伊文学节助力的限定版小册子《瓶子》（Bottle）。《树婴》《尽管如此，但还是》和《有事发生》收录在一部为支援印度洋海啸地震慈善组织而出版的文集《新起点》（New Beginnings）里；《瓶子》出现在一本名为《礼物》（Das Geschenk）的德语文学降临节日历上；《小鸡仔越过界》的一个原稿插图版曾被拍卖，以援助世界自然基金会。

MARGARET ATWOOD
THE TENT

读客®

彩条文库

外国文学读彩条，大师经典任你挑。

扫一扫，立即查看彩条文库全书目，
收集下一本文学好书！

THE TENT

MARGARET

THE ATWOOD

THE

TENT

Margaret

Atwood

Margaret

Atwood

The

Tent

THE

TENT